어느 날 일기를 쓰기 시작했다

어느 날 일기를 쓰기 시작했다

나와 오롯이 만나는 시간

이경혜 에세이

보리

헌사

홀로 비밀 일기를 쓰기 시작한 열세 살의 나에게

차례

일기에 대한 길고 긴 자랑을 시작하며

'일기日記'라는 말만 들어도, 글자만 봐도 나는 가슴이 떨린다. 일기장 장에 순서대로 가지런히 꽂혀 있는 일기장 가운데 오늘은 어느 것을 읽을까, 고르는 순간마다 나는 기대로 설렌다. 일기장이라는 타임머신을 타고, 그 시간의 나로 돌아갈 수 있기 때문이다. 이미 다음 일을 알고 있는 내가, 앞날에 대해 아무것도 모른 채 인생의 길을 뚜벅뚜벅 걸어가는 과거의 나를 보는 느낌은 조물주의 눈으로 인간을 바라보듯 애틋하고 먹먹하다.

인류를 일기 쓰는 인류와 일기를 쓰지 않는 인류로 나눈다면 나는 단연코 일기 쓰는 인류에 들어갈 것이다. 혼자 몰래 쓰는 비밀 일기를 열세 살 때부터 지금까지 써 왔기 때문이다. 2022년 12월이면 자그마치 50년에 이른다. 일기장 권수만도 150권을 넘었다.

먼 훗날 어떤 고고학자가 내 유골을 발굴해서 스캔하면 '일기 쓰는 인류'란 글자가 번쩍번쩍 빛날지도 모른다(아쉽게도 나는 화장을 할 거라 그런 일은 생기지 않겠지만). 이 정도면 일기에 대해 몇 마디쯤 떠들어도 괜찮지 않을까? 일기에 대해 말하라면 며칠 밤을 새워도 모자

랄 만큼 할 말이 많으니.

일기에 대한 좋은 얘기는 널렸고, 일기를 쓰는 법도 누구든지 안다. 아니, 그런 건 모르는 게 더 낫다. 일기를 쓰는 법이란 원래 없으니까. 내가 생각하는 '진정한 일기'란 거창하지 않다. 한자를 풀이한 '하루의 기록'이라는 뜻도 아니다. 그저 '날마다 쓴다는 마음가짐으로 진실하게(사실적으로가 아니라) 쓰는 글'일 따름이다. 그것 말곤 아무것도 아니다. 그런 마음가짐이면 일 년에 서너 번만 써도 좋다. 무슨 상관이랴. 내 일기도 그렇다. 거짓되지 않은 마음으로 '끊어질 듯 끊어질 듯 끊어지지 않은 채' 지금까지 써 온 기록일 뿐이다.

몇 해 전, 우연히 어떤 강연에서 일기를 오래 써 왔다는 사실을 밝히게 되었을 때, 처음 받은 제안은 학창시절의 일기를 출판하자는 것이었다. 나는 한순간도 망설이지 않고 고개를 저었다. 나의 비밀 일기가 세상에 공개되면 다시는 일기를 못 쓸 게 분명했으니까. 언젠가 누가 읽을지도 모른다는 가능성만으로 한 글자도 못 쓰게 될 테니까.

그 대신 나는 일기에 대해 말하는 책이라면 쓸 수 있겠다고 했다. 단지 그 경우에도 일기를 인용하는 일은 하지 않겠다고 다짐을 두었다. 아무리 일부분이라도 일기를 세상에 보이면 다시는 진정한 일기를 쓰지 못할 것 같았다.

그런데 지금 나는 이렇게, 내 일기에서 많은 부분을 가져온 책을 내게 되었다. 내 의지로 말이다. 막상 글을 쓰다 보니 인용이 들어가야 더 생생해지고, 설득력도 더 생겨서 그렇게 했다. 실제 일기에서 한 대목도 가져오지 않으면서 이 글을 쓰기는 어려웠다. 일기에 대한 일반적인 글이라면 그럴 수도 있겠지만 이 책은 어디까지나 '나의 일기'에 대한 글이라 그러기가 쉽지 않았다. 갈등이 많았지만 결국 이렇게 했다. 그러면서 잠시 일기가 안 써지는 시간을 겪기도 했지만 다행히 그 시간을 이겨 냈고, 지금은 일기 쓰는 데 어려움을 겪지 않는다. 책으로 나오면 또 어떻게 될는지 자신할 순 없지만.

그런 걱정을 품으면서도 이렇게 내가 쓴 일기를 여기저기 인용한 책을 기어코 내는 데에는 사실 더 깊은 속셈이 있다. 바로 '일기 바이러스'를 전파하고자 하는 속셈이다. 나는 오랫동안 일기를 써 온 일을, 살면서 가장 잘한 일이라고 생각한다. 내가 해 보니 정말 좋아서 다른 사람들에게도 전하고 싶은 마음이 간절하다. 정작 내가 일기를 못 쓰게 될지 모른다는 두려움을 무릅쓰고라도 이 책을 세상으로 내보내는 가장 큰 까닭은 그러하다.

이 책은 어쩌면 내가 일기를 오래 썼다고 자랑하는 책일 뿐일지도 모른다. 나는 이렇게 오래 일기를 썼고, 오래 쓰다 보니 이런 일도 있었고, 오래 쓰다 보니 이런 점도 좋더라, 자랑하면서 당신도 써 보라고 유혹하는 책.

내 자랑이 누군가의 마음 줄을 건드려 그도 나 같은 경험을 하게 되기를 바란다. 이 책을 읽고 단 한 사람이라도 오래도록 일기를 쓰게 된다면 나로서는 가장 큰 기쁨이 될 것이다. 그리하여 먼 훗날, 그 누군가가 나를 떠올리며 '당신 덕분에 오랫동안 일기를 쓰게 됐다'고 생각해 준다면!

무엇이든 시작이 중요하다. 시작하지 않으면 어떤 일도 일어나지 않는다. 그런데 50년 전 열세 살의 내가 어느 날 일기를 쓰기 시작했다. 학교에 내는 일기 숙제와 별도로 혼자 숨어 쓰는 비밀 일기를!

50년 전의 나, 머리가 길고 키가 컸던(그 소녀는 더 이상 자라지 않아 키 큰 어른이 되지는 못했지만), 초등학생으론 아무도 안 봤던, 조숙하고, 생각이 많았던, 지금으로선 나와 같은 존재가 아니라 내가 먼 세상 어딘가에 떨구고 온 딸이나 동생 같은 그 소녀, 나는 그 아이가 고맙고 고맙다. 나이가 들수록 새록새록 더 고맙다. 깊은 고마움을 담아 이 책을 그 아이, 열세 살의 나에게 바친다.

아울러 이 책의 첫 인연을 만들어 주신 양연식 연출님과 이 글을 쓸 동안 다른 걱정 없이 글만 쓰게 여러모로 도움을 주신 원주 토지문화관과 해남 인송문학촌 토문재의 모든 분들께 감사를 드린다. 마지막으로 멋진 표지 그림을 그려 주신 정서우 선생님을 비롯하여 이 책을 정성껏 만들어 주신 보리출판사 모든 분들께도 마음 다해 고마움을 전한다.

2022년 겨울
흰눈이 내리는 날에

일기,
시작은
이러하였다

하느님을
심부름꾼으로
삼다

하느님! 제 편지를 받고 놀라셨죠?

이 편지는 제가 지금부터 말하는 대로의 천사 언니에게 갖다 주셔요.

우선 머리는 부드러운 다갈색의 곱슬머리이고, 월계수잎으로 장식을 했어요. 그리고 우윳빛의 비칠 듯한 살결!

이마는 넓은 바다처럼 탁 트였고, 코는 오똑하고 입술은 얇고 앵두 같아요.

볼은 사과같이 빠알갛고 등에는 비둘기의 날개같이 흰 날개가 달려 있어요.

그리고 하늘색 — 잠자리의 날개 같은 — 얇은 옷을 걸치고 있는 천사 언니여요. 또 마음도 하얀 안개꽃같이 아름다운 천사 언니에게로요.

꼭 부탁해요. 안녕!

초등학교의 마지막 해 겨울, 1972년 12월 14일 목요일에 나는 이렇게 하느님한테 부탁하는 말로 나의 비밀 일기를 시작하였다. 하느님한테 쓰는 게 아니라 하느님을 심부름꾼으로 삼아 내가 바라는 천사 언니한테 편지를 전해 달라 부탁했다. 일기장에 쓴 편지가 아니라 봉투 속에 넣은 진짜 편지였다면 '절대 뜯어보지 말라'는 말까지 덧붙였을지 모른다. 감히 하느님한테! 아마도 하느님은 조금 건방진 이 소녀의 부탁을 물리치지 않았나 보다. 천사 언니에게 보내는 그날의 첫 편지를 시작으로 지금까지 50년째 일기를 써 오고 있으니.

이 첫 번째 일기장은 그 무렵 흔히 쓰던, 용수철로 묶인 작은 공책으로 지금은 완전히 너덜너덜해졌다. 어린이에서 소녀로 변해 가는 길목의 모호한 글씨체, 귀퉁이에 정성껏 삽화도 그려 넣은 이 일기장의 표지에는 〈속삭임 1〉이란 제목도 붙어 있다. 물론 나는 그전에도 일기를 썼다. 그림일기도 썼고, 방학 일기가 밀려서 지어내 쓰는 일도 해마다 되풀이했다. 초등학교 시절, 일기는 빠지지 않는 숙제였다.

그런데 어느 날, 어린이 신문에서 기사를 하나 보게 되었다. 그것은 5년 동안 일기를 쓴 사람에 대한 기사였다. 그때 겨우 10년을 조금 넘긴 세월을 살아온 나에게 '5년'이란 시간은 천문학적인 느낌으로 다가왔다. 그 사람이 부러웠다. 나도 그렇게 긴 세월 동안 일기를 쓰고 싶었다. 숙제가 아닌 나만의 비밀 일기를.

동시에 재미난 생각이 나를 사로잡았다. 그것은 훗날 커서 딸을 낳으면—나는 무슨 일이 있어도 딸을 낳겠다고 마음먹고 있었는데—내가 쓴 일기를 그 아이의 나이에 맞춰 보여 준다는 생각이었다. 열세 살에 쓴 일기는 그 애가 열세 살 때 보여 주고, 스무 살 때 쓴 일기는 그 애가 스무 살 때 보여 준다! 그럼 내 딸은 얼마나 좋아할까? 상상만 하여도 신이 났다. 그것이 그때 엉뚱하다면 엉뚱했고, 조숙했다면 조숙했던 나의 계획이었다. 엉뚱하고 조숙한 초등학교 6학년생이 '원대한 육아 계획'을 일찍이도 세운 것이다!

그러자 새로운 고민이 시작되었다. 그냥 긴 시간에 걸쳐 기록만 하는 일기가 아니라 소중한 딸에게 보여 줄 글이라는 목적이 붙으니 이것은 차원이 다른 문제가 되었다. 어린 마음에도 미래의 딸을 위해서라면 반드시 '진실'만을 기록해야겠다는 생각이 들었다. 당시 나는 '진실만이 가르침을 줄 수 있다'는 말을 외고 다녔다. 아마도 어디선가 읽은 말일 테지만 그때의 나는 제법 비장했다. 그렇게 소중한 비밀 일기이니 어떤 형식으로 쓸지 고민이 되었는데,《안네의 일기》가 떠올랐다. 안네는 일기장에 '키티'라는 이름을 붙여 주고, 키티에게 편지를 쓰는 형식으로 일기를 썼다. 안네처럼 편지 쓰는 형식으로 일기를 쓰면 일기가 술술 써질 것 같았다. 그래서 내 비밀 일기의 형식은 '편지글'로 쉽게 결정이 되었다. 그런데 진정으로 '진실'할 수 있으려면 누구한테 편지를 써야 하지?

나는 다시 고민했다. 아무리 머리를 굴려도 내가 '진실'을 말할 수 있는 '사람'은 없었다. 나는 친한 친구한테도 마음속 깊은 얘기는 하지 않는 아이였다. 그렇게 내숭이 심한 아이, 어쩌면 사람을 믿지 않는 아이였으니, 아무리 지어낸 이름이더라도 '사람'의 이름을 부르면 내 속의 진실이 잘 쏟아져 나오지 않을 것 같았다. 그럼 누구에게 편지를 써야 하지? 그러다 사람이 아닌 '천사'가 떠올랐다. 천사라면 무엇을 말하든 이해하고, 받아 주지 않을까? 천사라면 아무런 걱정

없이 어떤 진실이든 마음껏 얘기할 수 있지 않을까? 아름다운 천사 언니에게 내 마음을 쏟아 놓을 생각을 하니 가슴이 뛰었다. 그래, 천사 언니한테 날마다 편지를 쓰자. 그렇게 내 편지를 받을 대상은 천사 언니로 쉽게 결정됐지만 문제는 또 있었다. 내가 알기로 천사는 한 명이 아니었다. 수많은 천사 가운데 어느 천사를 택해야 하나?

고민 끝에 나는 하느님한테 부탁을 하기로 마음먹었다. '하느님' 은 내가 내 마음속 신을 부르는 호칭이었다. 우리 집 식구들은 교회에 다니지 않았고, 나도 교회에 다니지 않았다. 하지만 나는 꼬마 때부터 하느님을 찾는 버릇이 있었다. 책에서 본 건지, 어디서 들었는지는 몰라도 늘 하느님한테 기도를 했다. 기도는 주로 부탁하는 기도였고, 부탁이 이루어지면 꼭 감사 기도를 했다(나는 인사를 잘하는 아이였으니까). 하다못해 가위 하나를 찾을 때도 식구들이 서랍을 열어 보고 부산을 떨 때 나는 구석으로 가서 가위를 금방 찾게 해 달라고 기도부터 하는 아이였다. 그랬으니 하느님에게 뭘 부탁하는 일은 아주 자연스러웠다. 하느님은 천사들의 대장이니까 그 많은 천사들을 잘 알 거라고 짐작했다.

나는 내가 만나고 싶은 천사 언니를 상상해 보았다. 크리스마스카드에서 본 천사의 모습이 떠올랐다. 굽실굽실 흘러내리는 밝은 갈색 머리, 월계수잎으로 만든 머리 장식(월계수잎을 실제로 본 것은 몇 십 년 뒤 오이피클을 담그느라 말린 월계수잎을 샀을 때였지만), 우윳빛 살결(크리스마스카드에 그려진 천사는 모두 서양 여자였으니) 같은 것들이 떠올라 그대로 썼다. 그러면서 하느님한테 그런 모습의 천사를 찾아내 편지를 전해 달라고 심부름을 시킨 것이다. 따지고 보면 천사들은 하나같이 비슷하게 생겼던데, 하느님은 어떤 기준으로 내 편지를 받을 천사를 골랐을까?

하여튼 그 편지는 잘 전달이 되었는지 날마다 일기장을 펼치면 천사 언니 얼굴이 또렷하게 떠올라 얼마든지 편지를 쓸 수 있었다. 천사 언니한테 날마다 속삭이는 글이란 뜻으로 일기장 제목도 〈속삭임〉 이라고 정했다.

이렇게 나의 비밀 일기 〈속삭임〉은 '세팅'이 완료되었다.

'진실'의 힘에
중독되다

비록 어릴 때 한 결정이지만 〈속삭임〉의 핵심을 '진실'로 삼은 것은 탁월한 선택이었다. 일상의 반성이나 인격의 도야, 하루의 기록, 문장력 연습 같은, 흔히 말하는 일기의 장점 따위는 염두에도 두지 않았다. 그런 것 따위에는 관심도 없었다. 오직 '진실'만을 기록한다! 그것만이 나의 목표였다.

나는 일기장 앞에 진실하기 위하여 사춘기 소녀다운 결벽성을 최대한 발휘했다. 진정으로 진실한 고백을 하려면 절대로 누구한테도 일기장을 보여 주어선 안 되었다. 그때 나는 누가 한 번이라도 일기장을 본다면 다시는 진실한 글을 쓸 수 없을 거라 여겼다. 그래서 나는 보여 주고 싶은 마음이 들까 봐 일부러 글씨를 휘갈겨 쓰기도 하고, 아무한테도 말할 수 없는 부끄러운 고백을 하나라도 더 쓰려고 전

전긍긍하기도 하였다. 그러면서도 작은 허영심에 자신과 싸우기도 했다. 그 허영심까지 드러내는 것 또한 하나라도 더 쓰려는 '부끄러운 고백'의 하나였다.

이런 대목이 보인다.

어쩌다가 보면 이 '속삭임'을 누구에겐가 보여 주고 싶은 강렬한 충동을 느껴. '나는 이렇게 좋은, 개성이 강한 새로운 방법을 창조해 냈다' 하고 자랑하고 싶은 거지. 사실 나는 내가 천사 언니에게 편지한다는 것을 생각해 낸 것이 퍽 자랑스러워.

하지만 그것은 혼자의 도취로 끝나야겠지? 만일 남에게 보인다면 나의 비밀을 밝힐 수 없이, 다만 평범한 일기에 그치고 말 것 아냐?

내가 이런 마음을 안 먹도록 언니도 옆에서 도와줘. 응? 부탁이야.

1973. 1. 8. 월

또 이런 구절도 있다.

이 '속삭임'이 제발 나를 감추기 위한 베일이나 거짓된 나를 비추는 거울이 아닌 진정한 참된 인간을 만드는 바탕이 되게 해 줘. 응?

1973. 1. 29. 월

'나를 감추기 위한 베일'이니 '진정한 참된 인간'이니 제법 어른스러운 표현을 쓰면서도 말끝마다 '응?'을 붙이는, 말 그대로의 소녀, 아이도 어른도 아닌 당시의 내 모습이 그려진다.

그때는 일기장 앞에 앉으면 천사 언니가 눈앞에 또렷하게 떠올랐다. 나는 살아 있는 사람한테 말하듯 천사 언니한테 많은 것을 털어놓았다. 하느님도 뚜렷하게 떠올랐다. 물론 그 또한 책에서 본 흔한 모습이긴 했다. 산신령처럼 긴 수염에 헐렁한 흰옷을 걸친 할아버지 같은 신, 그는 대단히 너그럽고 유쾌했다. 그때의 내게 하느님은 실제로 볼 수는 없어도 생생하게 느껴지는 존재였다. 그래서 친구에게 보내는 편지에 '느낌으로 만지는 신'이라는 표현을 쓰기도 했다. 이 말은 시적인 표현이 아니라 사실적인 설명이었다. 내게 하느님은 손으로 만지기라도 하듯 생생하게 느껴지는 신이었으니까.

　　천사 언니한테 편지를 보내는 첫날부터 나는, 친구가 받은 카드가 내가 받은 카드보다 예뻐 보인다고, 그 친구한테 질투가 난다는 얘기를 썼다. 친구한테 질투심을 느끼는 것은 부끄럽다고 생각했기에 일부러 첫날부터 적었다. 그렇게 천사 언니한테 온갖 것을 털어놓다 보니 속이 시원해지고, 점점 재미가 생겼다.

　　며칠 뒤에 쓴 일기는 읽다가 웃음이 터졌다. 어떤 남자아이가 보낸 크리스마스카드에 진주가 두 알 들어 있는 걸 보고 쓴 대목이다.

언니!

걔가 날 좋아하는 걸까? 그저 친구로서만일까? 제발 후자이길.

난 걔가 이렇게 카드도 보내 주는 정성을 생각하면 퍽 고맙지만 제발 그것이 친구로서 보내는 것이길 바래.

난 걜 친구로밖에 좋아하지 않는걸. 옛날에는 모든 남자가 날 좋아하고 난 그들을 싫어하고, 그들은 가슴을 태우길…… 하고 바랐는데, 지금은 그런 생각만 해도 내가 추해 보여.

내가 온 마음을 바쳐 사랑할 수 있고, 그도 그럴 사람이 꼭 나타나 주길.

물론 적어도 10년 후 얘기야. 후후

1972. 12. 25. 월

열세 살짜리의 '옛날'은 도대체 언제였을까 싶고, 남자들한테 인기를 누리고 싶어 하면서도 그걸 추하게 생각하는 모습이 웃겨서 웃음이 터졌다. 내가 아닌 딸이나 손녀의 일기장을 훔쳐보는 느낌이 든다. '적어도 10년 후 얘기'라고 썼지만 그 아이는 10년이 지나기 전에 사랑을 하고, 10년 뒤에는 아이 엄마까지 된다!

이렇게 '진실'을 지키려고 애쓰던 소녀는, 스무 살 무렵 성인이 되어서도 '진실'을 지키며 일기를 쓰려고 애쓴다. 이런 대목이 보인다.

훗날의 누군가가 이 일기를 보고 나를 비웃는 한이 있더라도 나는 내가 느끼는 유치한 고민에, 사소한 갈등들을 솔직하게 드러내고 깨쳐 나가고 싶다. 늘 오랜만에 일기장을 펼쳐 보면 반드시 부끄러운 기분이 들었다. 지금도 그렇다. 생각하는 내용이 그것만이 아닌데도 불구하고, 적히는 건 모두 그에 대한 얘기다. 그러한 것이 보다 절실하고, 구체적인 일들이어서일까?

오늘도 그에 대한 생각을 적고 싶어 이 노트를 펼쳐 보니 다시금 나라는 존재에 회의가 든다. 그러나 사랑은 중요한 것이 아닐까? 두 사람 사이의 신뢰와 애정을 유지한다는 일이 결코 작은 일은 아닐 것이다. 이다지도 힘든 일인데. (줄임) 다시 이 일기를 읽으면 몹시 부끄러울 것이다.

그러나 이것이 나의 본모습이다.

1981. 1. 18. 일

그런가 하면 아주 훗날, 사춘기 딸을 둔 30대 후반의 일기에는 이런 구절이 나온다.

훗날 내 딸들이 이 기록을 본다면 나를 얼마나 부끄럽고 한심한 여자로 여길 것인가. 그래도 나는 나를 미화해서는 안 된다.

1997. 3. 25. 화

무슨 일이 있어도 진실하게 쓰겠다는 그 어린 날의 결심은 몇십 년이 지나도 깨어지지 않았다. 딸들은 둘째 치고, 그래야만 나한테도 재미있고, 의미 있다는 것을 깨달았기 때문이었다. 그랬다. 열세 살 때 쓴 첫 번째 일기장부터, 그 나이에 부끄럽다고 생각한 것들을 악착같이 일부러 적어 가며 이어 온 진실의 기조는 그렇게 내내 지켜졌다.

그런데 사실 그런 것들을 쏟아 놓았으니 그 아이는 얼마나 후련했을까? 지금 다시 생각해 봐도 그 아이는 '비밀 일기'의 쾌감에 빠져들지 않을 수 없었다. 그냥 적당히 털어놓는 게 아니라 '후벼 파듯 더 헤집어' '진실하게' 쓰다 보니 뭐랄까, 어떤 극도의 쾌감이 따랐다. 나처럼 겉 얘기는 많이 해도, 진짜 속은 잘 털어놓지 않는 내숭쟁이가 맛볼 수 없었던 통쾌한 개운함이랄까? 쾌감은 일종의 보상이기에 자꾸 하고 싶어지고, 필연적으로 중독을 불러온다.

일기 쓰기에 쾌감을 느끼게 된 나의 다음 방향은 저절로 정해졌다. 나는 어느새 중독이 되어 아무도 시키지 않아도 일기를 계속 써 나갔다. 하루를 반성하기 위해서나, 문장력을 기르기 위해서였다면 사흘도 못 가 던져 버렸을 일을, 오직 '진실'하기 위한 목적에 온갖 내 안의 것들을 끄집어내서 쏟아 놓다 보니 나도 모르게 그 쾌감에 젖어 들어 빠져나올 수 없게 된 것이다.

이렇게 나는 〈속삭임〉에 속삭이는 일에 서서히 중독되었다.

중독되어
습관이 되다

진실의 힘에 중독된 나는 점점 더 일기 쓰기에 빠져들었다. 중독은 금단현상을 가져온다. 서서히 일기 쓰기에 중독이 되자 쓰지 않으면 괴로움을 겪는 단계에 이른다. '진실'의 쾌감은 그만큼 대단했다. 막연하고 추상적으로 느껴지는 '진실'이라는 말, 그러나 진실을 쏟아놓게 되면 일기 쓰는 사람의 마음에 변화가 온다. 한번 그 기쁨을 알아 버리면 누가 뜯어말려도 일기 쓰기를 그만두지 못한다. 쓰다 보니 재미있어서 더 쓰게 되고, 쓴 것을 읽어 보니 즐거워서 더 쓰게 되고, 답답하던 속이 풀리고, 화났던 마음이 가라앉고, 슬픔 앞에서도 위로를 받고, 기쁨 앞에서도 공감을 받으니 더욱더 쓰게 되는 것이다.

나는 힘들고 괴로운 일이 생길 때 다른 사람한테 잘 털어놓지 못한다. 적어도 현재 시점에서는. 어릴 때부터 그랬다. 혼자서 몸부림치고, 혼자서 끙끙댄다. 가장 깊은 절망의 계곡은 벗어난 뒤에야 가까운 사람들에게 말한다. 그랬다고, 그런 일이 있었다고, 지난 일로만 말한다. 그 절망의 계곡에서 몸부림칠 때 누군가를 만난다면 생글거리는 가면을 쓰고 아무렇지 않은 척한다. 그러려고 그러는 게 아니라 나도 모르게 그렇게 된다. 그래서 아무도 내 괴로움을 눈치채지 못한다.

그런 내게 일기장이 생겼다. 일기장은 천사 언니한테 보내는 편지였고, 결국은 나한테 말하는 것이었다. 사람이 아닌 천사 언니, 남이 아닌 나한테 말하는 것이어선지 〈속삭임〉에는 괴로움을 즉시 쏟아 놓기도 했다. 물론 정말 힘든 날들은 백지로 남을 때가 더 많았지만.

게다가 하나라도 더 나의 추악한 점, 부끄러운 점을 찾아 썼으니 배설의 쾌감은 더욱 대단했다. 오랫동안 일기를 안 쓰면 속이 답답하고, 무얼 해도 미진한 느낌에 시달리게 되니 다시 일기장을 펼치지 않을 수 없었다. 그래서 자꾸 쓰다 보니 그것은 또 어느새 습관이 되었다.

일기장에 대한 그런 느낌이 적힌 표현들도 간간이 눈에 띈다.

카프카는 일기를 쓰는 것의 이점을, 마음이 차분해지는 명쾌함이라고 말했어. 그의 말은 공감이 가는 말이야. (줄임) 복잡하게 혼란되었던 마음이 차분히 정리됨으로 얻는 명쾌함, 참으로 산뜻한 기분이지.
1979. 7. 29. 일

일기란 뭘까, 축 같은 것이라고나 해둘까, 다람쥐가 쳇바퀴를 돌 때 그 발을 디디는 축 말이다. 하여튼 어떤 생활에 절제를 해 주고, 너무 심한 탈선은 피할 수 있게 해 주는 중요한 요소인 것 같다.

일기를 안 쓸 때는 하루가 맺어지지 않는 것 같은 기분이 든다.

1978. 1. 23. 월

저녁.

너무 처지는 것 같아 겨우 몸을 추슬러 산길 아래까지 산책을 하고 까페에 들어가 밀린 일기를 일지처럼 썼다. 비로소 세수라도 한 느낌.

2006. 3. 31. 금

나는 끈기라고는 없는 사람이라 뭐든지 시작만 하지 끝을 맺는 법이 거의 없다. 뭘 참아 내는 힘도 없고, 싫증은 얼마나 잘 내는지 변덕이 죽 끓듯 한다. 그런 내가 이렇게 오랫동안 일기를 써 왔다니 내가 생각해도 잘 믿어지지 않는다. 그렇지만 위에서 '세수라도 한 느낌'이란 말을 썼듯이 생각해 보면 양치질이나 세수도 그렇게 해 왔고, 책 읽고 영화 보는 일도 꾸준히 이어서 해 왔다. 양치질이나 세수는 안 하면 개운치 않아서 했고, 책 읽고 영화 보는 일은 재미있어서, 자꾸 하고 싶어서 했다. 일기도 그랬다. 좋아서 하다가, 하지 않으면 못 견뎌서 하다가, 어느새 몸에 붙은 습관이 되었다. 습관이란 생각하지 않고도 저절로 하는 일, 그랬기에 게으른 데다 무엇에든 금방 싫증을 내는 내가 지금까지 계속해서 일기를 쓰게 되었다.

진실의 쾌감이 중독을 불러오고, 그것이 결국 습관이 된 과정, 그것이 없었다면 내 일기장은 어느 옛날에 일련번호가 멈춘 채, 해마다 1월 1일부터 몇 장 쓰다가 그만두는 흔해 빠진 일기로 그쳤으리라.

그런데 그 중독과 습관의 힘으로 계속 끊어지지 않은 채(흐름이 끊어지지 않았을 뿐 날마다 쓴 건 아니지만) 일기를 써 오다 보니, 중독은 더욱 깊어지고, 습관은 더욱 몸에 붙었다. 습관은 다른 무엇보다 힘이 세다. 습관으로 몸에 붙자 일기는 어느새 양치질이나 세수처럼 내 일상의 '루틴'이 되었다.

이렇게 나는 50년째 〈속삭임〉을 쓰게 되었다.

이중 일기를
쓰다

진실한 기록을 위한 난관은 또 있었다. 일기는 여전히 숙제여서 학교에 내는 일기를 따로 쓰는 이중 작업을 해야만 했다. 나는 선생님한테 내는 일기에는 딱 6학년 다운 평범한 내용만을 써서 냈다.

소공녀를 읽었다. 나도 세에라처럼 어려운 환경에서도 꿈을 잃지 않는 어린이가 되어야겠다.

나의 〈속삭임〉을 진실 되게 지켜내기 위해서라면 다른 것쯤은 얼마든지 무시할 수 있었다. 그것도 거짓은 아니었으니 거짓말을 한다는 꺼림칙함은 없었다. 나는 스탕달의 《적과 흑》을 읽으면서 동시에 《소공녀》나 《빨간 머리 앤》에도 푹 빠져 있던, 아이와 어른의 교집합으로 이루어진 소녀였으니까. 소녀란 아이에서 어른으로 성장해 가는 중간 존재이기도 하지만 그보다는 아이와 어른이 겹치는 부분이 상당히 넓은 존재였다.

그러나 일부의 진실만 말하는 것은 때론 거짓과 통하기도 했다.

6학년 때, 내게는 대단히 존경하는 친구 나미가 있었다. 그 애와 나는 이른바 조숙한 문학소녀로 마음이 잘 통해서 서로 많은 것을 나누었다. 책에 대한 이야기, 가족이나 선생님에 대한 이야기, 사랑과 인생에 대한 이야기, 할 말이 너무 많았다. 우리는 만나기만 하면 다른 친구들과는 할 수 없는 이야기를 끝없이 나누었다. 그러나 나미는 나보다 훨씬 수준이 높아서 나는 늘 그 애의 의견에 감탄하곤 했다.

예를 들어 내가 앙드레 지드의 《좁은 문》을 읽고 그 깨끗한 사랑에 감동하여 이야기하면, 그 애는 '나는 그 사랑이 아주 부자연스럽다고 생각해. 너무 존중해서 부부가 되고서도 부부 관계를 갖지 않는다는 건 위선적이야'라고 말하는 식이었다. 나는 나미의 말에 망치로 머리를 맞은 듯 충격을 받는 일이 잦았다. 쟤의 생각은 얼마나 깊은 걸까? 어떻게 어린 나이에 저런 생각을 다 할까? 내 생각은 너무나 평범하게만 여겨졌고, 그 애의 생각은 언제나 나보다 훨씬 높은 곳에 있는 것만 같았다. 나는 나미를 다른 친구들과 다르게 생각하고, 마음 깊이 존경했다. 그때 우리는 문학만이 아니라 어른들의 세계에 대해서도 비판을 자주 나눴는데, 특히 학교와 선생님들에 대한 비판이 많았다. 그러나 나는 학교에 내는 일기장에 그런 얘기는 적지 않았다. 학교에 내는 일기장은 내게 '타협의 일기장' 같은 거라, 위의 《소공녀》 소감 같은 이야기만 적당히 적어 냈을 뿐이었다.

그러나 나미는 솔직하게 그런 얘기를 일기장에 적은 모양이었다. 어느 날 일기장 검사를 하던 선생님이 갑자기 나미를 앞으로 나오라고 하더니 호통을 쳤다. 일기장 내용이 건방지다고 야단을 친 것이었다. 나는 야단을 맞는 나미를 보며 부끄러웠다. 내가 위선자 같았다. 나미에게 미안했고, 내가 싫었다. 거짓은 안 썼다고 생각한 내 일기장도 부끄러웠다. 《소공녀》에 대한 감상은 진심이었지만 부분의 진실만 드러내는 건 거짓과도 통한다는 것을 그때 어렴풋이 깨달았다. 나는 거짓 일기장을 제출한 거나 마찬가지였다.

하지만 그런 일을 겪고도 나는 계속 부분의 진실만을 담은 일기를 냈다. 부끄러워도 바꿀 수 없었다. 솔직한 일기를 써내면 벌어질 일들이 두렵고 귀찮았다. 그러나 무엇보다도 〈속삭임〉의 진실을 지켜내고 싶은 마음이 컸다. 비밀을 유지할 때에만 그것을 지킬 수 있었으니까. 나는 평생을 그런 삶의 태도로 살아온 것 같다. 가능한 부딪히지 않으려 애쓰고, 타협하고, 부분의 진실만을 드러낸다. 참다못해 폭발하거나, 절벽 끝에 내몰려 떨어지기 직전의 순간에만 모든 것을 드러낼 뿐이다. 그래도 내가 완전히 비겁한 인간으로 주저앉지 않고, 가장 절박한 문제에 대해선 기어코 용기를 낼 수 있었던 건 내게 '따로 꿍쳐 둔' 비밀 일기장이 있었던 덕분이리라. 일기장에라도 전체의 진실을 쏟아 놓으며 균형을 잡지 못했다면 나는 정말 형편없는 인간이 되었을지도 모른다.

이렇게 이중 일기까지 쓰면서 나는 〈속삭임〉의 진실을 지켜냈다.

천사 언니와
헤어지다

스무 살 무렵이 되자 '응? 응?' 하면서 천사 언니에게 편지 쓰는 형식으로는 더 이상 나의 내면을 진실하게 밝히기 힘들다는 사실을 깨닫게 되었다. 무엇보다 아무리 기를 써도 천사 언니의 모습이 떠오르지 않았다. 그래서 어느 날부터인가 천사 언니한테 작별 인사를 하고 남들 쓰듯 보통의 서술문 일기를 쓰기 시작했다.

사실 지금까지 나는 그렇게만 기억했다. 그런데 이 글을 쓰면서 일기를 차근차근 읽어 나가다 보니 까맣게 잊고 있던 일들을 되살리거나 잘못된 기억을 바로잡는 일이 많았는데, 이 기억도 내가 틀렸다는 것을 알게 되었다. 뒤에도 쓰겠지만 기억은 왜곡의 천재이다. 대학에 들어간 스무 살 무렵에야 천사 언니한테 편지 쓰는 형식을 완전히 버린 건 맞지만 그전에도 '천사 언니'를 벗어나려고 몇 차례 시도를 했다는 걸 이번에 알게 되었다. 일기 쓴 지 채 한 해도 되지 않은 중학교 1학년 때도 벌써 싫증을 내서 이런 일기를 썼다.

언니!

난 이 〈속삭임〉에도 권태를 느꼈나 봐. 그냥 보통 일기를 쓰겠어. 하지만 언니와의 이별은 결코 아니야. 〈속삭임〉과의 이별이긴 하지만.

언니가 보고 싶을 때마다 편지 쓸게. 그것은 일기가 아닌 단순한 사랑의 편지. 그리고 내 맘속엔 언제나 언니의 영상이 숨겨져 있고.

언니! 날 이해해 주지? 원래가 변덕쟁이고, 싫증 잘 내는 아이니까. 하지만 언니에 대한 사랑은 곱으로 늘었어. 언니! 그럼 이만 아듀를.

안녕! 이것은 마지막 〈속삭임〉이지.

1973. 8. 7. 화

이 시도는 며칠 만에 실패했다. 도저히 일기가 써지지 않는다면서 다시 천사 언니를 찾는다. 그러나 시간이 지날수록 어딘가 멀어지는 기분을 느꼈던지 석 달쯤 지난 일기에는 이런 마음이 적혀 있다.

언니!

어쩐지 언니와 내가 처음, 그러니까 작년 겨울방학 때만큼 가까운 것 같지가 않아. 내가 언니에게 성심껏 편지를 보내지 않아서 그런가 봐.

아, 다시 옛날의 그 행복을 찾아야지. 곧 크리스마스 시즌. 언니와 만난, 아니 사귄 때……. 다시 다정해질 수 있겠지?

1973. 11. 16. 금

중학교 2학년 때도 천사 언니와 헤어지려는 시도를 했다. 그 무렵 나는 도스토옙스키에 빠져들어 그의 작품들을 샅샅이 찾아 읽고 있었다. 맨 처음 읽은 작품은 《카라마조프가의 형제들》이었다. 아버지가 사 준 책이었다. 그때 나는 책이라고 생긴 건 무턱대고 다 읽던 아이여서 깨알같이 작은 글씨에, 세로쓰기로 쓰여진 두꺼운 책 두 권을 며칠 만에 다 읽어 냈다. 물론 앞부분을 읽을 때는 어려웠다. 러시아 사람들 이름은 몹시 헷갈렸다. 그래도 무조건 읽어 나갔는데 앞부분만 어려웠을 뿐 얼마 지나지 않아 나는 생전 처음 만난 위대한 작가에게 매료되고 말았다. 그가 그려 내는 인간의 심리는 소름이 끼칠 정도로 예리했다.

마지막 책장을 덮었던 저녁, 나는 벅찬 감동에 젖어 일기를 썼다.

언니!

방금 《까라마조프가의 형제들》을 다 읽었어. 너무나 재미있고 감동적이라 끝 대목에선 울고 말았어.

뭐라고 쓸 수가 없어. 그 책의 신성함이며 그 모든 것을 내가 깨뜨리는 것 같아서 말이야. 단지 도스토옙스키의 그 훌륭한 심리묘사와 신의 솜씨와 같은 필체, 독자가 감히 엄두를 낼 수 없는 훌륭한 구성 등에 내가 특히 존경을 느낀다는 것만 강조하고 싶어.

정말 너무나 좋았어. 말할 수 없이……. 미챠, 이봐, 알로시아…… 모두 너무 좋아. 변호사며 검사며, 까챠며 그루센카며 그 누구도 맘에 들지 않는 이가 없어. 도저히 내 유치한 문장력으론 이 글의 감동을 표현할 수가 없어. 아직도 눈물이 나오려 해.

이만 쓸게, 안녕!

1974. 5. 22. 수

내 작은 방 책상에 앉아 그 책을 읽었다. 내 방 창문은 옆집의 담으로 막혀 있어서 햇살조차 제대로 들어오지 않았지만 그래도 희미한 저녁 빛이 스며들고 있었다. 나는 벅찬 감동으로 책 위에 엎드렸다. 한참을 그러고 있다가 무엇이라도 적고 싶은 마음에 일기장을 폈다. 그러나 엄청난 감동을 느꼈음에도 그것을 표현해 낼 능력이 그때의 내게는 없었다. 어린애가 기가 막히게 맛있는 음식을 먹었는데, 맛있다는 말밖에 할 수 없는 경우와 비슷하다고나 할까?

그 무렵 쓴 독후감들을 보면 상당히 그럴듯하게 쓴 글들도 보이는데, 그런 '글'이 아니라 편한 '일기'여서인지 더욱 탄식처럼 감동을 쏟아 냈을 뿐이었다. 게다가 어린아이보다는 자의식이 있었던 나이라 그 책의 신성함을 해칠까 봐 함부로 무얼 쓰고 싶지 않다는 생각까지 했다. 그때까지 나는, 사람이 사람 속을 그렇게 묘사할 수 있으리라곤 생각도 못 해 보았다. 그 감동이 얼마나 컸던지 한동안 도스토옙스키 책만을 찾아다니며 읽었다. 그의 책은 하나같이 벽돌처럼 두꺼워서 내 책가방은 팔이 끊어질 만큼 무거웠다.

언니! 지금 막《백치》를 다 읽었어.
아, 언니! 뭐라고 말하면 좋아? 난 자꾸, 그 너무도 큰 감동 때문에 눈물이 나오려고 해. 깊어. 한 마디로 너무나 깊어. 아, 모르겠어. 난 도무지 뭐라고 말해야 될지를 모르겠어. 이 큰 감동을…… 아, 답답할 지경이야.

언니! 알 수 있지? 응? 난 형언하지를 못하겠어. 도저히 말야.

전체를 뚫는 허무감…… 아냐, 아냐. 그런 게 아냐.

아, 말을 말아야지. 도저히 나타낼 수가 없어.

1975. 3. 12. 수

《백치》는 도스토옙스키의 작품 중에서도 가장 강렬한 감동을 받았던 작품인데도 일기에 적은 느낌은 이렇게 속수무책이었다. 이야기가 많이 샜지만 어쨌든 그렇게 세계문학, 그중에서도 이름조차 어려운 도스토옙스키에 빠져서 나름대로 자신을 다 컸다고 생각했으니, '언니, 언니' 하면서 일기를 쓰는 게 간지럽게 여겨졌다. 나는 천사 언니에게 미안해하면서 편지를 그만두고, 일반적인 산문체로 일기를 잠시 이어 나갔다. 그러자니 어딘가 어색하고, 일기가 잘 써지지 않았지만 그래도 계속 바꿔 보려고 노력했다.

새로운 어투가 아직 너무 설다.

그러나 보다 고차원적이기 위해선 부득이 바꿔야 할 것 같다.

1977. 10. 9. 일

나는 좀 더 '고차원적'인 이야기를 쓰고 싶어서 일기도 그에 맞춰 형식을 바꿔야겠다고 생각했다. 그렇지만 나는 곧 다시 되돌아갔다. 그때까지만 해도 천사 언니가 또렷하게 보일 때였으니 헤어지는 게 쉽지 않았다.

세월이 흐르고 내가 커 갈수록 천사 언니의 모습은 점점 더 희미해져 갔다. 고등학생만 되어도 나는 이렇게 썼다.

어제는 〈속삭임〉 1, 2권을 읽어 봤어. 읽으면서 웃고, 또 울었어. 너무도
순수하던 그 시절.
위선될까 봐, 속세에 물들까 봐 나는 밤마다 나를 아프게 채찍질했어.
한 점 옥의 티도 용서 못 하던 나의 맑았던 성깔, 이제 겨우 열여덟인데,
나는 이미 부대끼고 부대껴 밤이면 잠만 잘 자고, 모든 더러움을 당연
한 듯 받아들이고, 위선되게라도 남에겐 잘 보이려 하고, 약게 살아가고
있어.
그 시절의 나의 염원. 〈이 일기장이 나를 감추는 베일이 되지 않고, 영혼
이 그 앞에서 거짓 화장하는 일이 없기를!〉
그러나 요즘의 내 일기는 얼마나 거짓된 것인지! 나의 영혼은 늘 그 앞
에서 거짓 화장을 했고, 남의 눈을 의식한 듯이 글을 써 왔어. 용서해 줘.
나의 가슴이 탁해질수록 밀어진 언니의 영상, 그 시절 나는 얼마나 언니
의 영상을 선명히 여겼었어?
1977. 1. 16. 일

그렇게 다시 천사 언니한테 편지 쓰는 일을 계속해 나가다 대학
에 들어가서야 간신히 그 언니와 헤어졌다. 아무리 떠올려도 천사 언
니의 얼굴이 안 보이기 시작했으니 내가 헤어졌다기보다는 천사 언
니가 나를 먼저 떠난 셈이지만.
대학생이 되어서도 천사 언니가 너무 보고 싶어 찾은 날도 있었
다. 이때가 천사 언니를 마지막으로 찾은 날이었다.

언니!

아무래도 언니를 찾지 않을 수가 없어. 열다섯 살의 그때처럼 언니 모습이 명확히 보이지는 않지만, 언니 없는 나의 일기는 단순한 글 놀림에 그치는 것만 같아.

언니! 누군가를 언니라고 부르기에 나는 너무 커. 하지만 나를 받아 줘. 나는 이런 유치한 형식을 쓰지 않을 수가 없어. 그렇지 않으면 일기를 쓸 수가 없어. 오랜만이지? 일기를 통 쓸 수 없었어.

너무나 많은 일들이 있었는데 나는 모든 것을 흘려보냈어.

1979. 6. 3. 일

오랜 연인끼리 헤어지는 일이 한 차례로 깔끔하게 되지 않듯이, 나도 천사 언니와 헤어지는 데 많은 시간이 걸렸다. 하지만 어린 내가 천사의 도움까지 빌려 가며 지키려고 애써 온 '진실'만은 이미 몸에 붙어서 그 뒤로 '천사 언니에게 편지 쓰기'라는 형식을 버렸어도 일기는 변함없이 진실하게 써 나갈 수 있었다.

이렇게 나는 많은 어려움 끝에 천사 언니와 헤어졌다.

일기,
멈추지 않고
흘러갔다

해마다
기념일을 챙기다

천사 언니하곤 헤어졌지만 일기는 이어졌고, 일기장은 점점 더 나의 보물이 되어 갔다. 나는 늘 생각했다, 불이라도 나면 일기장부터 챙겨 들고 나간다고. 그만큼 일기장은 나에게 가장 소중한 것이 되었다.

해마다 12월 14일이면 나는 〈속삭임〉을 쓰기 시작한 기념일을 축하했다. 생일과 달리 내 의지로 시작한 날이니 어떤 면에서는 더 기념할 만한 날이기도 했다. 나는 원래가 어떻게든 꼬투리를 잡아서 축하하고 기념하기를 즐기는 사람이라 이렇게 대단한 일을 놓칠 리가 없었다. 어릴 때는 축하 카드를 써서 일기장에 붙이고, 그때까지 쓴 일기를 쭉 읽곤 했다. 일기장이 몇 권 안 되어 할 수 있는 일이었다.

어른이 된 뒤 가정을 꾸리고, 아이를 키우며, 다른 많은 일들을 할 때는 사는 일이 하도 버거워 기념일 당일에 일기조차 못 쓰는 날이 대부분이었다. 그런 날에는 지나고 나서 몇 줄 축하 글이라도 적었지만 차분하게 지난날을 돌아보며 그날을 기념하지 못하는 아쉬움이 컸다. 아이들도 다 키우고, 혼자 살게 된 뒤에야 초도 켜 놓고 와인도 마셔 가며 분위기를 잡거나, 아예 일기장을 싸 들고 여행을 가서 지난 일기를 읽으며 제대로 기념일을 챙기는 일이 가능해졌다. 이제 일기 기념일은 내게 생일만큼 소중한 날이 되었다. 그럴 때마다 나는 어린 시절의 나한테 조용히 속삭인다. 네 덕분에 나는 이렇게 내 삶을 고스란히 담아 들여다보는 큰 기쁨을 누릴 수 있게 되었구나. 열세 살의 경혜야, 나는 네가 정말로 고맙다!

그렇게 여유를 가지고 일기 기념일을 챙기게 된 게 40주년 무렵부터인데, 다음은 40주년 기념일에 쓴 일기다.

오늘은 내 일기의 기념일, 열세 살 갈래머리 국민학생이 처음 시작한 일기가 40년을 맞고, 100권째에 들어서는 날. (줄임) 두려워하지 말자. 그게 무엇이든 내 성장을 돕고, 내 인생을 풍부하게 할 것이다. (줄임) 40년째 쓰는 이 일기, 내 가장 소중한 벗, 내 인생의 동반자.

그러면서 카드도 써서 붙여 놓았다.

〈속삭임〉과의 만남 40주년을 축하하며
점등인처럼 내 삶의 어둠을 환하게 밝혀 준 친구, 진심으로 사랑한다.

43주년 기념일에 보낸 카드도 보인다.

43년 전 12월 14일에 첫 〈속삭임〉을 쓰기 시작한, 조숙했으나 어린 '나'에게 감사를 보낸다. 그리고 그 뒤 43년 동안 끊어지지 않게 기록을 남겨 온 매 순간의 '그녀들'에게도 감사를 보낸다.

언제까지 이날을 기념할 수 있을는지는 몰라도 내가 삶을 마무리 짓는 마지막 날까지 일기를 쓸 수 있기 바란다. 그럴 수 있다면, 그만큼이라도 명료하게 삶을 인식할 수 있다면 그 또한 얼마나 멋진 삶일까.

44주년 일기도 옮겨 적어 본다. 청송의 '객주문학관' 집필실에서 다른 작가들과 함께 머무를 때였다.

내가 〈속삭임〉을 쓴 지 44년이 되는 날, 열세 살의 내가 쉰일곱이 된 세월. 지난해에는 '안네 하우스'에서 이날을 보냈지. 올해도 좋다. 아침에 내리던 비가 진눈깨비로 바뀌어 운전 배우는 건 미루고 과수원길 산책을 했다. 저수지로 가뭇없이 사라지며 내리는 눈발이 아득했다.

들어오는 길에 기념관에 들러 해설사님한테 해설을 부탁해서 잘 관람했다. 창밖으론 소나무 위로 눈이 내려 더욱 분위기가 있었다.

방에 오니 아늑했지만 오늘을 기념하고 싶어 다시 슈퍼까지 나가 동그랗고 작은 빵을 사 와서 가지고 온 작은 케이크 초를 붙여 혼자 일기 기념일을 기념했다. 서설, 기분 좋은 눈이 내린 날. 오늘은 놀기로 하고, 책 읽고, 일기 읽고 와인 마셨다. (줄임) 오랜만에 철필로 쓰니 이 일기를 처음 쓸 때가 떠오른다. 내 삶의 기록, 내 최고의 애독서.

지난해 2021년의 기념일에 대해서는 다른 글에서 쓴 적이 있어서 옮겨 적어 본다.

얼마 전 12월 14일은 나만의 소중한 기념일이었다. 마침 일 때문에 지방에 가 있던 참이라 나는 낯선 숙소에서 홀로 미니 케이크에 초를 켜고 축하를 하였다. 다른 해에는 당연히 와인을 곁들였지만 3차 백신을 맞은 지 며칠 되지 않은 터라 알콜 함량 4.5퍼센트의 캔 맥주 하나로 축배를 들었다. 그러면서 나는 열세 살의 어린 나한테 다시금 고마움을 전했다.

이날의 가장 중요한 행사는 무엇보다 일기장 읽기와 쓰기인데, 언제부터인가 일기장 권수가 너무 많아져서 그때까지 쓴 일기를 한꺼번에 다 읽기는 불가능해졌다. 그래서 일기 기념일에는 지난해 12월 14일부터 올해 12월 13일까지 일 년 치 일기만을 읽는다. 지난 한 해를 돌아보면서 그만큼 일기를 더 쓴 나를 칭찬해 주기도 한다.

사실 해마다 12월 31일과 음력 섣달 그믐날에도 양력으로 한 해, 음력으로 한 해의 일기를 읽기 때문에 연말연시마다 세 번이나 비슷한 시기의 일기를 읽는 셈이다. 나는 사회생활은 양력에 맞추어 하지만 개인적으로는 해보다 달을 좋아해서 음력 달력을 주로 보며 살기 때문에 음력 설날이 내게는 한 해의 진정한 시작이 된다. 마침 일기 기념일이 12월이기 때문에 그때부터 한 해의 정리를 시작하여, 양력 12월 31일을 거쳐 음력 설 전날까지 지난해의 정리를 마치는 것이다. 이 과정은 오직 일기장을 읽고 또 읽는 일이 전부이다. 무슨 일이 있었는지, 무슨 일을 했는지, 내 삶의 흐름은 어떻게 흘러갔는지 그런 것들을 살펴본다.

　그때 말고 내가 한 해 일기를 또 읽는 건 생일 때이다. 내 생일은 음력 오월이라 한 해의 가운데쯤에 있어서 지난해 생일부터 그날까지 일기를 읽으면 저절로 중간 결산이 된다. 그러니 한 해에 최소 네 번은 시작과 끝을 달리한 한 해 일기를 읽는 셈이다. 왜 그렇게 하냐면 그렇게 읽는 게 재미있어서다. 뭐가 재밌냐고 한다면 시작과 끝을 조금만 달리 끊어 읽어도 한 해의 흐름이 다르게 잡히는 재미가 썩 괜찮다고 하겠다. 시작을 어디에 두고 한 해를 끊느냐에 따라 한 해가 '슬픈 해'가 되기도 하고, '신나는 해'가 되기도 하고, '전환의 해'가 되기도 한다. 그것도 참 신기한 재미이다.

　2022년에는 나의 일기 기념일도 50주년을 맞는다. 기념일 가운데서도 특별한 기념일이니 그날만은 더욱 특별하게 보내고 싶다. 나같이 축하하고 기념하는 일에 진심인 사람에게 '50주년 일기 기념일'이라니! 그동안 쓴 일기 150권을 처음부터 쭉 다 읽어서 이번 기념일을 맞는 마음이 조금은 떳떳하다. 그 특별한 기념일은 151권에 담길 것이다. 그러나 다른 무엇보다도 50주년에 맞추어 출간되는 이 책이야말로 50년 전 처음 일기를 시작한 열세 살의 나에겐 최고의 선물이 되리라. 어쩌면 하늘나라에 있을 천사 언니에게도 그럴 것이다. 이제는 내가 늙어 버려 차마 '언니'라고 부르기도 미안하지만.

　이렇게 나는 해마다 12월 14일, 일기 기념일을 축하하며 살아간다.

'안네 하우스'에
가다

50주년 일기 기념일을 기대하고 있지만 지난 기념일 중에서 가장 잊을 수 없는 날은 43주년 일기 기념일이던 2015년 12월 14일이었다. 그해 나는 '한국문화예술위원회' 작가 레지던시 프로그램으로 스웨덴에서 3개월 동안 머물고 있었는데 마지막 달인 12월에는 스웨덴을 벗어나 주변 나라들을 돌며 문학기행과 취재도 할 계획이었다. 무엇보다 내가 가장 좋아하는 동화작가 안데르센의 탄생지인 덴마크의 오덴세에 갈 생각이었고, 출판사와 약속이 잡혀 네덜란드 로테르담에도 들를 예정이었다. 로테르담에 가려면 암스테르담을 거쳐 가야 해서 그곳에서도 하루 묵을 계획을 세웠다.

그때 나는 한국 교포 진희 씨 집에 머물렀는데, 그는 스톡홀름 대학에서 했던 내 특강에도 참가하고, 그곳 한국 학교에서도 강연을 할 수 있게 연결해 주며 내가 그곳에 머무는 동안 많은 관심을 가지고 도움을 주었다. 대학 특강에서 나는 '글 쓰는 사람'인 나를 이야기하면서 오랫동안 써 온 일기에 대해서도 말했다. 그는 그 부분을 인상 깊게 들었다고 좋아했는데 내가 여행 계획을 얘기하자 그가 물었다.

"그럼 안네 하우스엔 꼭 가겠네요? 일기 얘기할 때 '안네' 얘기도 했잖아요?"

그때까지 '안네 하우스'가 있다는 사실도 모르고 있던 나는 깜짝 놀라 되물었다.

"안네 하우스가 있어요? 그 안네의 집이, 정말로? 아무나 들어가 볼 수 있다고요?"

스웨덴에 대해서는 많이 알아보고 갔지만 다른 나라들을 구경 다닐 생각은 없었기에 따로 알아보지 않고 갔던 것이다.

"그럼요! 암스테르담에 있어요. 유명한 관광지인걸요. 저도 지난 번에야 다녀왔는데 정말 좋았어요. 사람이 아주 많기 때문에 미리 홈페이지에서 예약하고 가야 돼요."

세상에, 책 속 안네의 집이 현실 세상에 있다니! 그 집에 직접 들어가 볼 수 있다니! 암스테르담에서 하룻밤 묵으면서 하마터면 '안네 하우스'에도 못 가 볼 뻔했다니! 마침 12월이었다. '안네 하우스' 방문을 12월 14일, 일기 기념일의 일정으로 잡았다. 43주년 일기 기념일을 축하하는 장소로 그보다 좋은 곳은 생각할 수 없었다. 마침 스웨덴에 있어서, 이웃 지방 놀러 가듯 네덜란드에 갈 수 있다는 게 더할 나위 없는 축복으로 여겨졌다. 어린 시절 깊은 인상을 받았던 안네, 나를 감동시켰던 어린 작가 안네, 그의 일기에 나오는 그 비밀스런 집을 일기 기념일에 직접 가 본다는 생각에 나는 몹시 흥분했다.

　진희 씨 말대로 '안네 하우스'는 인기 관광지였다. 네덜란드의 다른 집들처럼 좁은 땅에 위로만 뾰족뾰족 높이 솟은 그 집은 동화 속 집처럼 보였다. 나는 입장권을 사려고 길게 늘어선 사람들의 부러움을 받으면서 예매한 표를 받아 기다리지 않고 들어갔다. 그 역사적인 집에 들어서자 벅찬 감동이 몰려왔다. 나는 안네와 가족들이 숨어 살던 다락방부터 올라갔다. 정말로 책장 뒤에 다락으로 올라가는 계단이 숨어 있었다. 책에서 읽은 그대로였다. 안네와 언니가 쓰던 작은 방에는, 잡지에서 오린 예쁜 그림들과 옛날 여배우들의 사진이 붙어 있어서 꿈 많은 소녀 안네의 느낌이 물씬 묻어났다. 안네를 직접 만난 듯 생생한 느낌이 들었다. 보이지 않는 그들이 지금도 그곳에서 사는 것만 같았다.

　다락방을 본 뒤에 내려와 전시실로 들어섰다. 전시실에는 전 세계에서 출판된 《안네의 일기》 번역본들과 안네가 쓴 원본 일기장이 전시되어 있었다. 나는 안네가 직접 쓴 붉은 체크무늬 일기장 앞에 섰다. 열세 살 안네가 처음 쓰던 일기장, 이름이 '키티'인 일기장, 나치를 피해 숨어 살면서도, 언제 발각되어 끌려가 죽을지도 모르는 상황에서도, 밝고 환한 삶에 대한 애정과 사춘기 소녀의 섬세한 감정을 그대로 담아낸 일기장, 반가운 마음으로 그 일기장을 보는데 나도 모르게 눈물이 주르르 흘러내렸다. 예상치 못한 일이었다. 나는 당황했다. 나치의 눈을 피해 숨어 산 다락방을 볼 때도 안쓰러운 마음뿐이었는데, 붉은 표지의 일기장 앞에서 불쑥 눈물을 쏟다니…… 그 짧은 순간, 나는 안네한테 너무 미안했던 것이다.

그날 나는 그곳 카페에서 43주년 기념일의 일기를 썼다.

오늘은 내가 〈속삭임〉을 시작한 지 43년이 되는 날이다. 43년 전의 나,
안네와 똑같은 13세(나는 세는 나이로 그렇지만)에 비밀 일기를 시작했다.
심지어 생일도 비슷해 안네는 12일, 나는 8일. 안네 역시 쌍둥이자리다
운 특성을 다 가졌던 듯하다. 온갖 것에 흥미를 보이고, 삶의 활기에 차
있지만 자신의 내면을 따로 기록해야 하는. (줄임)
안네의 집을 찬찬히 보면서 열세 살에 일기를 쓰기 시작했지만 열다섯
에 죽고 만 안네를 보니 눈물이 났다. 아니, 다른 걸 볼 때는 안 그랬는데
처음 쓰기 시작한 일기장을 보니 눈물이 흘렀다. 같은 나이에 일기를 쓰
기 시작했는데, 안네는 그렇게 일찍 죽고 말았다. 난 43년째의 기념일을
축하하고 있는데!
2015. 12. 14. 월

비슷한 나이에 일기를 쓰기 시작했지만 나는 43년이나 계속 써서
그것을 축하한답시고 이렇게 이곳을 찾아왔는데, 이 소녀는, 안네 프
랑크라는 눈이 크고, 꿈이 많았던 이 소녀는 불과 2년밖에 일기를 쓰
지 못한 채 나치한테 끌려가 죽고 말았다!
　내가 살아서 늙어 가는 몸으로 여전히 어린 그 소녀 앞에 서 있는
게 못 견디게 미안했다. 비슷한 나이에 시작했으나 끝이 다른 안네와
나, 늙어 가는 나는 영원히 어린 그 소녀 안네한테 한없이 미안했다.

이렇게 나는 시공을 뛰어넘어 안네와 한순간 만났다.

일기장을
도둑맞을 뻔하다

일기장이 몇 권 되지 않을 때도 숨기는 일은 늘 어려웠다.

결혼 전에는 내 방 옷장 구석에 숨겨 놓으면 충분했지만 결혼을 하고 가족이 생기면서는 그 일에 보통 머리를 써야 하는 것이 아니었다. 다른 식구들이 내 일기에 아무런 관심이 없더라도 나는 내 '진실'을 지키기 위해 일기장을 잘 숨겨야 했다. 냉동실이나 쌀통에 일기장을 넣기도 했고, 침대 매트리스 밑, 옷장 구석 깊은 곳, 트렁크에 담고 자물쇠로 잠그는 등 여러 장소를 물색했다.

그러나 좁은 집에서 그런 장소를 찾는 데는 한계가 있었고, 일기장의 숫자가 점점 불어나자 더 이상은 길이 보이지 않았다. 마침내 일기장이 백 권을 넘자 나는 일기장 전용 장을 마련했다. 중고 가구점에서 산 그 장은 내부가 선반으로 나뉘어 있고, 당연히 잠글 수 있었다.

여기저기 쑤셔 놓았던 일기장들을 다 꺼내서 날짜 순서대로 번호까지 붙여 차곡차곡 꽂았다. 내 인생이 가지런히 정리된 듯 뿌듯했다.

그런데 어느 날 집에 도둑이 들었다. 천만다행인 것은 아무도 없는 낮에 들었고, 도둑이 빠져나간 뒤에야 딸애가 집에 갔다는 사실이다. 그때 나는 작은딸과 함께 살고 있었는데, 집에 돌아온 딸은 대문이 활짝 열려 있어서 너무 놀라 들어가지 못하다가 집 안에서 고양이가 "야옹!" 하고 작게 우는 소리를 듣고야 용기를 내서 들어갔다. 겁 많은 고양이는 아마도 침대 밑에 들어가서 쥐 죽은 듯 숨어 있다가 딸의 기척에 반가워 소리를 냈을 것이다. 딸아이와 고양이가 얼마나 놀랐을까 싶어 속상했지만 다치지 않았으니 하늘에 감사할 따름이었다.

내가 도착해 보니 온 집 안이 난장판이었다. 훔쳐 갈 것을 찾느라 사방을 들쑤셔 놓은 것이다. 열쇠로 잘 잠가 놓은 일기장 장의 문짝은 아예 뜯겨 있었다. 가슴이 철렁했다. 어디서도 살 수 없는 나의 보물, 내 재산목록 1호인 일기장이 아닌가! 식구들과 고양이가 무사하니 다른 불평을 할 수 없었지만 일기장이 한 권이라도 없어졌다면?

얼른 일기장 장 앞으로 가 보았다. 그런데 이상하게도 뜯어낸 문 안쪽으로도 발로 찬 듯한 자국이 무수히 있었다. 문 바깥쪽에 발길질 자국이 있는 건 문을 부수려 한 걸로 짐작이 갔는데, 뜯어낸 문 안쪽으로 발길질 자국이 잔뜩 있는 것은 이해가 가지 않았다.

잠시 도둑의 심정이 되어 생각을 해 보았다. 집 안에 가져갈 물건이 별로 없어 짜증이 났는데, 이 장만 잠겨 있으니 무언가 값나가는 물건이 있을까 기대를 한껏 품고, 기를 쓰고 문을 뜯어내지 않았을까? 그런데 낡은 공책들만 한가득 꽂혀 있다? 입장을 바꿔 생각해 보니 화가 치밀 만했다. 그래서 이미 뜯어내 부순 문을 마구 발길질하지 않았을까? 분노의 발길질!

그러자 겁이 덜컥 나서, 얼른 1번부터 일기장 번호를 챙겨 보았다. 아, 단 한 권도 없어지지 않았다! 100권이 넘는 일기장이 한 권도 없어지지 않은 채 고스란히 있었다!

가슴을 쓸어내렸다. 재산 가치야 없을지라도, 대체 이 많은 공책을 왜 그렇게 꼭꼭 잠가 두었나 궁금해서라도 집어 갔을까 봐, 아니면 화가 나서 찢어발기기라도 했을까 봐 심장을 졸였던 것이다. 다행히도 그 '양상군자'님은 일기장에 대한 호기심 따위는 없었고, 화풀이로 공책을 찢지도 않았다. 재산목록 1호, 최고의 보물인 일기장이 그 '도둑님'한테는 전혀 관심 밖의 물건이었다. 우리가 서로 귀중하게 생각하는 것이 전혀 다르다는 사실이 얼마나 다행스러웠는지 모른다.

일기장이 한 권이라도 사라졌다면 내 인생의 한 부분이 사라진 듯 상실감에 괴로웠을 것이다. 일기장 장을 따로 만들어 보관해야 할 만큼 양이 많아진 내 일기는 억만금을 준다 해도 바꿀 수 없는 가장 귀한 재산이니까. 다른 사람한테는 한낱 종잇조각에 불과할지 모르지만 나에게는 여전히 무엇보다 귀한 보물이니까.

이렇게 호기심 없는 '도둑님' 덕분에 나는 일기장을 지킬 수 있었다.

딸들에게
일기를 읽히다

〈속삭임〉을 쓰기 시작하던 초등학교 6학년 때 꿈꿨던 대로 나는 딸을, 하나도 아니고, 둘이나 낳았다. 소원을 두 배로 이루었다. 그래서 어린 시절의 '원대한 육아 계획'에 맞추어, 큰딸이 6학년 생일을 맞았을 때, 가슴을 두근거리며 〈속삭임〉 1권을 읽게 해 주었다.

어제 큰애에게 생일 기념으로 내가 6학년 때 쓴 이 일기장 첫 권을 보여 주었다. 재미있다곤 하지만 내 기대만큼은 기뻐하지 않는다. 그래도 나는 감개무량했다. 내가 일기를 처음 쓰며 가졌던 꿈을 이루어서.
1992. 10. 16. 금

큰딸은 호들갑을 떠는 성미가 아니라서 내 기대만큼 환호를 지르며 기뻐하지는 않았지만 그래도 신기해하며 내 일기장을 읽어 나갔다. 어른인 엄마가 자기만 한 때가 있었다는 걸 실감하는 경험은 흔하지 않으니까. 아이는 재밌어 했고, 나는 어릴 때 꿈을 이루어서 뿌듯했다. 무엇보다도 내가 6학년 때 쓴 〈속삭임〉 1권을 다 읽은 6학년 딸아이는 당장 '천사 언니에게'라며 편지글의 일기를 쓰기 시작했다. 그 모습을 보며 나는 새삼 인생의 신비로움을 느끼며 기뻐했다. 그러나 한 사흘 그렇게 쓰더니 아이의 관심은 다른 데로 가 버렸고, 일기는 거기서 끝이 났다. 안 그래도 일기 숙제를 할 때마다 '일기를 발명한 사람이 누군지 알면 때려 주고 싶다'고 원망하던 아이였으니 스스로 사흘 동안 일기를 쓴 것만도 대단하긴 했다.

3년 뒤 6학년이 된 작은딸에게도 똑같이 〈속삭임〉 1권을 보여 주었다. 어렸을 때, '외할머니는 어떻게 이렇게 커다란 엄마를 낳았어?' 하고 궁금해하던 아이는 몹시 신기해하더니 언니처럼 당장 '천사 언니에게'라며 일기를 쓰기 시작했다. 그러더니 언니랑 똑같게 사흘쯤 지나자 그것을 내팽개쳤다. 3년 터울이 지는 두 딸이 똑같이 그러는 게 우습고도 귀여웠다. 자신의 내면에서 나온 열망이 아닌 것의 유효 기간은 딱 사흘이었나 보다.

사실 두 아이는 학교 들어가기 전만 해도 내가 일기를 쓰면 옆에서 자기들도 일기를 쓰곤 했는데, 그 일기들은 좋아서 스스로 쓴 거라 아이들만의 기발하고도 신선한 표현으로 가득 차 놀라울 정도로 재미있었다. 그런데 학교에 들어가서 일기가 숙제가 되면서 아이들은 모든 숙제 가운데 일기 숙제를 가장 싫어하게 되었다. 자고로 학교라는 곳은 재미있는 것을 재미없게 만드는 데는 타의 추종을 불허한다!

비록 일기 쓰는 건 멈추었지만 읽는 것은 재미있어 했기에 애들이 커 가는 것에 따라 몇 권을 더 읽게 했다. 그러다 큰아이가 중학교 2학년이 되었을 때, 그때 쓴 일기장을 보이려고 미리 읽던 나는 멈칫하고 말았다. 어찌나 진실하게 쓰려고 노력했던지 그 일기만 해도 딸에게 보이기엔 마음에 걸리는 부분들이 눈에 띄었다. 아무리 '진실만이 가르침을 준다'고 믿어도 딸에게 보이기 싫은 나만의 비밀들이 있었다. 딸이 알면 싫거나 불편한 부분도, 오해받을까 봐 걱정되는 부분도 있었다. 설명이 필요한 부분도, 그저 보이고 싶지 않은 부분도 있었다. 나는 '지나치게' 진실을 많이 적어 놓았다!

이것은 정말 딜레마였다. 딸들에게 보여 주기 위해 진실만을 쓰려고 어린 나이에도 그렇게 기를 쓰고 노력했는데, 바로 그 때문에 막상 그 일기를 딸에게 보여 주는 데 장애가 생기다니! 결국 나는 일기를 딸들의 나이에 맞춰 읽게 하는 일을 멈추었다. 그러나 그 뒤로도 딸들이 힘들어 할 때면 내가 비슷한 고민을 했던 시기의 일기를 가끔 건네기는 한다. 물론 먼저 읽어 검토를 해서 문제가 없는 일기에 한하여.

딸들이 커 갈수록 이해하는 범위가 넓어져서 보일 수 있는 영역이 늘어났지만 차마 그럴 수 없는 부분은 여전히 있었다. 그러다 보니 점차 딸들에게 내 일기장을 건네지 않게 되었다. 원대했던 포부와 달리 내 일기장은 나만의 일기장으로 남고 말았다. 인생이란 정말 알 수 없고, 인간은 계획을 세울 수가 없다.

이렇게 진실이 나의 '원대한 육아 계획'을 좌절시켰다.

일기장은 차곡차곡
쌓여 가고

나는 싫증을 잘 내는 사람이다. 우리나라 사람의 특성이 은근과 끈기라는데, 어떤 이민족의 유전자가 섞였는지는 몰라도 은근한 건 남한테 지지 않는데, 끈기 따위는 한 점도 지니지 못한 채 태어났다. 아무리 좋았던 존재한테도 금세 싫증을 느끼고, 어떤 일이든 진득하게 해내지 못한다. 똑같은 일을 계속하거나 똑같은 것을 계속 봐야 하는 것은 내게 고문이나 다름없다. 카페나 식당을 가도 단골을 정해 내내 가기보다는 할 수 있는 한 새로운 곳을 찾아 나선다. 메뉴에서도 이미 먹어 본 맛있는 것을 늘 먹는 게 아니라 먹어 보지 않은 미지의 것을 택한다. 물건만 봐도 마음에 쏙 드는 질 좋은 물건을 사서 평생 갖는 것이 가장 좋다는 의견에 고개를 끄덕이지만 마음속으로는 그런 상상을 해 보는 것만으로도 지레 질린다.

나는 질 좋은 물건 하나보다 여러 가지 다양한 물건을 경험해 보는 것이 훨씬 즐겁다. 그래서 중고 물건을 좋아한다. 훨씬 싼 가격에 가치가 더 높은 물건을, 더 많이 경험할 수 있게 해 주니까. 한마디로 내게 물건은 소유가 아니라 경험이다. 나는 그 모든 것을 '경험'으로 여기고, 이 한 번밖에 없는 일생에 할 수 있는 한 많은 경험을 해 보기를 바란다. 그것이 물건일지라도.

이렇게 싫증을 잘 내니, 심지어 한 일기장을 오래 쓰는 것조차도 나한테는 지루한 일이다. 일기 쓰기 자체는 습관으로 몸에 붙었지만 일기장에 대해 지루함을 느끼는 일은 다른 문제였다. 그렇다고 지루함을 막기 위해 의식적으로 대비를 하지는 않았다. 본능적으로 쓰다 보니 어느새 나는 나름의 잔꾀를 쓰고 있었다.

처음에는 초등학생답게 줄 쳐진 노트를 따라 계속 써 나갔다. 여백 따위 없이 날마다 빽빽하게 이어 썼다. 단지 '물망초 같은 언니에게', '장미 같은 언니에게'처럼 천사 언니를 날마다 다른 꽃으로 비유해 가며 쓰기도 했고, 일기장 귀퉁이에 그림을 그려 넣기도 했다. 그때는 공책 자체가 얇아서 며칠만 쓰면 끝났기에 크게 지루한 줄 몰랐다. 점점 더 두꺼운 공책을 일기장으로 쓰게 되면서 '이걸 다 채우려면 오래 걸리겠구나' 하는 탄식이 흘러나왔다. 그러자 나도 모르게 하루 일기가 끝나면 빈 곳이 남아도 다음 장으로 넘기는 버릇이 생겼고, 그러다가 아예 뒷장을 안 쓰게 되었고, 글자만이 아닌 다른 것들로 채우는 일도 생겨났다.

영화나 연극, 공연 등의 표, 특별한 일에 쓴 영수증, 혹은 새로 만난 사람의 명함, 붙여 놓고 싶은 사진, 맛있게 먹은 식당 명함, 기억하고 싶은 신문 잡지의 기사 같은 것들을 그곳에 붙인다. 꽃잎이나 나뭇잎 말린 걸 붙이기도 하고, 인상적인 그림엽서를 붙이기도 하고, 책의 띠지나 새로 산 물건의 상표를 붙이기도 한다.

이런 시각적인 것들이 함께하면 그날의 기억이 훨씬 풍성해지는 데다 어떤 경우는 글 한 줄 없어도 표 하나, 영수증 하나가 실마리가 되어 과거의 기억을 불러내기 때문이다. SNS에 올린 글도 까만 글자만 있으면 보기만 해도 숨이 막히지 않나? 사진이 있으면 읽기에도 좋고, 보기에도 즐겁듯이 내 일기장도 그런 것들이 보태지니 훨씬 풍요로워졌다.

두꺼운 일기장을 빨리 끝내고 싶어 잔꾀를 부린 일들이 결과적으로는 내 일기장을 더 읽기 좋게 만들었다. 《이상한 나라의 앨리스》에서 앨리스는 언니가 읽는 책을 보며 '그림도 없이 글자만 있는 책을 어떻게 읽는담?' 하고 의아해했는데 앨리스도 내 일기장은 좋아해 줄 것 같다. 물론 내가 절대 손도 대지 못하게 할 테지만.

언제부터인가 일기를 못 쓴 날에 날짜만 적어 두는 습관도 생겨났다. 오래 일기를 써 왔지만 빠짐없이 날마다 써 온 것은 아니었다. 바쁘거나 쓸 수 없는 사정으로 쓰지 못한 날도 많았고, 쓰기 싫어 쓰지 않은 날도 자주 있었다. 그래도 맥이 끊기지 않게는 써 왔는데, 날마다 날짜라도 빼먹지 않고 쓰니 더욱더 일기가 이어지는 느낌이었다. 날짜만 쓰고 빈 공간만 남겨도 어쩐지 그 빈 공간에 시간이 담기는 것 같았고, 빈 공간이 말을 하는 느낌도 들었다. 그전에는 한 달 만에 써도 이어서 쓰다 보니, 나중에 읽을 때 시간 감각에 혼돈이 일었다. 날짜와 빈 공간이 있으니 시간의 길이가 제대로 인식되었다.

너무 힘들거나 슬퍼서 차마 아무 말도 적지 못할 때도 있었다. 사실 너무 괴롭거나 너무 행복했던 날들은 오히려 더 많이 빈 종이로 남아 있다. 그런 곳들을 나중에 보면 한 마디 글이 없어도 그 시간이 다시금 몰려오곤 한다.

이런 글들이 보인다.

이 일기장의 사이사이의 빈터.
그 적혀 있지 않은 공간의 숱한 아우성이 갑자기 절감된다. 아니, 오히려 적혀 있는 날은, 그런 날은 써 있는 것만으로 제한되어 인식되기 쉽기 때문에 더 많은 말들이 침묵하고 있는지도 모른다.
1981. 10. 23. 금

이렇게만 적혀 있는 날도 있다.

약 한 달~~
1979. 8. 20. 월

그러다 비워 놓은 날의 일들이 문득 떠오를 때, 혹은 차마 못 썼던 일들이 괜찮아져서 문득 쓰고 싶어질 때는 뒤늦게 빈 공간을 채워 넣기도 하고, 마음에 드는 책 구절이나 아름다운 시를 발견하면 기억하기 위해 그런 공간에 써 넣기도 한다. 그러다 보니 당일에 쓰는 일기와 나중에 채워 넣는 일기를 구별할 필요가 생겼다. 일기 마지막에 나는 마무리처럼 서명을 넣는데, 그 서명에 나름대로 규칙을 세웠다.

당일에 쓴 일기에는 서명을 남기고, 나중에 쓴 일기에는 서명을 남기지 않기로.

나는 일기장이 바뀔 때마다 해가 바뀌듯 기분이 좋고, 새로운 의욕이 생긴다. 한 일기장을 너무 오래 쓰면(예를 들어 한 해 동안 일기장 한 권만을 붙들고 있는다든가 하면, 아, 생각만 해도 끔찍하다!) 지레 질려 버린다. 이런 식으로 써 가면 일기장이 두꺼워도 적당히 지루해질 즈음이면 끝나게 되어 새 일기장을 고르는 기쁨에 젖을 수 있다. 앞에서 나는 일기장이 150권이나 된다고 자랑했지만 공책의 두께들도 각양각색인 데다 이렇듯 뒷장도 안 쓰고(당일 일기가 길어질 경우에는 뒷장에 쓴다), 날짜만 쓰고 넘어가는 곳도 있고 하니 사실 권수를 자랑할 일은 결코 못 된다. 그렇지만 일기장을 자주 바꿔 대는 내 버릇도 긴 시간 일기를 쓰는 데 조금은 이바지했을 것이다.

새 일기장을 고르는 기쁨도 정말 큰 기쁨이다. 문구류라면 사족을 못 쓰는 나한테 새 일기장이 필요하다는 명분으로 마음에 드는 공책을 고르는 행위는 말할 수 없이 즐겁다. 나는 아름답고 세련된 공책들을 하나하나 들여다보며 새로운 나의 시간을 적어 놓을 공간을 고른다. 그렇다. 내게 일기장은 하루의 일을 적어 놓는 단순한 종이묶음이 아니다. 그것은 그곳에 적히는 나날들이 통과하는 시간을 담는 소중한 공간이기도 하다.

이토록 정갈한 공책을 대하니 마음까지 정갈해지는 듯. 내 마음의 이 평화가 내 스스로의 기만이 아니기를. (줄임)
새 공책의 첫 일기.

여기 적히는, 혹은 여기를 통과하는 시간들에 신의 축복이 깃들기를.

2003. 8. 19. 화

모처럼 비가 내린다. 이 일기장을 오늘로 끝내 버리고 싶어 집에 가기 전에 몇 자 적는다. 넉 달쯤 썼나?

그래도 이 노트에 담긴 시간 속에서 나는 소설을 새로이 시작했다.

2004. 8. 14. 토

이제 가지고 있는 공책이 너무 많아져서 새 일기장을 고르는 즐거움은 많이 줄었다. 외국에라도 가서 구하기 힘든 일기장을 만나 도저히 사지 않고는 못 배기면 모를까, 대부분은 선물받거나 (내가 '일기인간'이란 사실을 아는 사람들이 일기장 선물을 자주 한다) 집 여기저기에 쌓여 있는 공책(문구광인 나는 조금 과장해서 '평생 쓸 만큼' 공책이 있다)을 쓴다.

이제 95권째의 〈속삭임〉도 여기서 끝난다.

뉴욕 노이에 미술관에서 사 왔던 이 아름다운 일기장도.

96권째는 어디에 쓸지 생각하는 것만으로도 즐겁다.

2012. 1. 13. 금

위 일기장처럼 어디에서 샀는지까지 또렷하게 기억나는 일기장들은 표지만 봐도 추억의 장소로 불려 가는 듯 즐겁지만 가지고 있는 평범한 공책에 마음에 드는 표지를 싸서 새 일기장을 만드는 것도 그

못지 않은 즐거움이다.

어릴 때부터 이어 온 내 취미 중에는 책 표지 싸기가 있다. 예전에는 교과서에 누구나 종이나 비닐을 씌웠다. 그래야만 책이 너덜너덜해지지 않기 때문이었다. 보통은 달력 종이로 싸거나 비닐 표지만 씌웠는데, 나는 그 작업에 혼신의 정열을 기울여 나만의 책을 만들었다. 즉, 잡지나 달력, 포장지 같은 데서 마음에 드는 부분을 모아 놨다가 그것들을 표지에 잘 늘어놓은 다음에 투명 비닐로 표지를 쌌다. 그러면 교과서는 각각의 의미와 아름다움을 가진 멋진 작품으로 새로 태어났다. 아이들이 어릴 때도 교과서 표지 싸는 일은 큰 즐거움이었고, 그 뒤로도 책이나 공책에 표지를 만들어 씌우며 놀곤 했다. 요즘에는 종이만이 아니라 헌 옷도 활용해서 헝겊 표지를 싸기도 하고, 못 쓰게 된 귀걸이 같은 장식품 부품들을 모았다가 붙이기도 한다. 그러니 일기장이야말로 그런 내 취미를 발휘할 수 있는 절호의 기회다. 그렇게 나만의 표지를 씌운 일기장을 만들며 취미 활동까지 병행하니, 그 또한 내가 일기를 더 재미있게 써 올 수 있는 원동력이 되었다.

나는 문구류를 정말 좋아하지만 그만큼 마음에 드는 문구류엔 조금 까탈스럽다. 특히 일기장에 대해서는 더하다. 사실 표지는 허름한 공책을 마음대로 바꾸는 작업을 더 좋아하기도 하지만 공책 속지가 마음에 안 들면 일기 쓸 맛이 나지 않아서 쓰다 말고 중간에 일기장을 바꾸는 일도 있다. 필기구에 대해서는 더 예민하여 일기는 가능한 만년필로 쓴다. 안 그래도 요즘엔 손글씨 쓰기가 퍽 귀찮아졌는데, 필기구가 마음에 들지 않으면 아무리 마구 쓰는 일기라도 잘 써지지 않는다. 가장 좋아하는 필기구는 만년필이라 여러 가지 만년필을 가지고 있는데, 그때그때 마음에 끌리는 만년필을 택해 일기를 쓴다. 종이에 따라 잘 맞는 만년필이 달라지기도 하고, 색깔 있는 잉크를 넣어 보랏빛이나 초록빛으로 일기를 쓰기도 한다.

초등학교 때 처음 일기를 쓸 때는 펜대에 펜촉을 끼워 잉크에 찍어 쓰는 고전적인 펜으로 썼다. 초등학생이 펜글씨로 일기를 쓰는 얘기를 하면 아마 젊은 독자들은 중세 시대를 떠올릴지도 모른다. 중고등학교에 강연을 나갔다가 사인을 할 때 만년필만 사용해도 학생들이 매우 신기해했다. 이렇게 만년필로 쓰는 것도 보기 드문 세상에서 어린 아이가 펜으로 일기를 쓰는 모습이라니, 내가 얼마나 오랜 세월 이 세상에 머물러 왔는지를 새삼 깨닫는 장면이다. 일기가 아니면 요즘은 만년필 쓸 일도 거의 없다. 예전엔 편지 쓸 때라도 만년필을 썼지만 요즘은 편지 쓰는 일도 없으니 더욱 그렇다. 그래서 좋아하는 만년필로 사각거리며 일기를 쓰는 시간은 내게 치유의 시간이기도 하다. 일기를 잘 쓰기 위해서 만년필로 쓰는 게 아니라 좋아하는 만년필을 쓰고 싶어서 일기를 계속 쓰는지도 모르겠다.

다시 일기랑 친해지고 있다. 이즈음 나의 지난 일기들을 다시 읽으며 그런 욕구를 더욱 짙게 느꼈다. 그러나 내 만년필이 어딜 갔을까, 손에 길든 만년필이 있어야만 글을 잘 쓰는 내 버릇은 여전하다.

일기가 없었다면 이만큼만의 '나'라도 있었을까. 올해로 20년째 쓰는 이 삶의 기록이 나는 너무도 대견하다.

1992. 10. 16. 금

일기장마다 소제목도 붙였다. 23권까지 붙어 있는 소제목들은 다음과 같다.

1권 만남

2권 순수의 꽃

3권 그때……

4권 설레임

5권 파문

6권 아름다운 마음들

7권 푸름

8권 열다섯, 그 아름다운 해의 시작

9권 아득하니 먼……

10권 초여름

11권 찬란한 슬픔이 다가올 때

12권 기다림으로

13권 지금까지, 그리고 언제까지나

14권 지극히……

15권 아직까지는……

16권 그 어두운 계절의 서막

17권 왜 이리도……

18권 착각

19권 남을 사랑한다는 것

20권 가슴앓이

고등학교 1학년 때, 20권째 일기장에 제목을 붙이면서 쓴 일기도
보인다.

이 일기장의 제목을 〈가슴앓이〉로 했어. 난 늘 가슴앓이를 하니까.

무언가를 사랑하고, 동경하는 나의 가슴앓이는 퍽 예쁜 울렁임 같아.

요즘은 바다를 생각하느라고, 가슴이 아프지.

봄에는 목련꽃에 취해 가슴을 앓고.

P선생님을 대할 때마다 싸해지는 가슴.

나는 늘 가슴을 앓고 사니까, 또 가슴을 앓는 게 좋으니까 이 예쁜 책에

이름을 붙여 버렸어. 가슴을 잘 앓지 않는 이들은 불행한 이들이야.

1976. 7. 8. 목

이렇게 각 소제목들은 나름대로 뜻이 있었다. 웃음이 나올 만큼,
사춘기 소녀 시절의 감상과 낭만을 극도로 드러내 주는 제목들이지
만 당시에는 진지하게 생각해서 붙였다. 대학교 입학 시기에 붙인 좀
사무적인 제목 〈나의 대학 시절〉을 끝으로 더 이상은 따로 소제목을
붙이지 않게 되었지만.

제목은 처음부터 붙인 게 아니라 20권째에 〈가슴앓이〉라는 제목
을 붙이면서 앞에 쓴 일기장들에게도 제목을 붙였다. 사춘기 소녀답

게 말줄임표가 유독 많은 제목들, 왜 그렇게 말줄임표가 좋았을까, 저 때에는? 언젠가 남은 일기장들에도 제목들을 붙여 주고 싶다. 한 권씩 읽어 가며 내용에 어울리는 제목을.

이렇게 소제목들을 붙인 것도 이를테면 잔꾀였다. 소제목을 붙여 놓으니 제목만 봐도 일기장에 적힌 내용이 한눈에 들어오기도 했고, 마치 내가 쓴 책처럼 여겨지기도 했으니까. 고등학생 때 나는 저렇게 제목들을 붙여 놓고 내가 작가가 된 양 혼자 흡족해했다.

그런가 하면 40대의 어느 날인가, 내가 얼마나 끝없는 가호 속에 살아가는지를 강렬하게 깨닫는 순간이 있었다. 그런 순간이 있지 않은가? 아무런 이유나 계기도 없이 무언가가 차오르듯 뭉클한 순간.

정확한 기억은 나지 않지만 그 비슷한 기분을 문득 느끼게 되어 일기장 첫 장에 '나를 둘러싼 이 아늑하고도 무한한 힘……'이라는 말을 적었고, 그 뒤로는 일기장이 바뀔 때마다 첫 장에 이 말을 계속 써 넣고 있다. 새로이 이 말을 적을 때마다 나는 그 순간의 감동을 다시 음미해 본다. 그러면 아무리 힘들고 절망에 빠져 있더라도 다시금 조용한 평화를 느끼게 된다. 내게는 주문 같은 말이다. 다시 외워 본다. 나를 둘러싼 이 아늑하고도 무한한 힘…….

이렇게 나의 일기장은 내 잔꾀의 도움을 받아 차곡차곡 쌓여 갔다.

일기,
오래 쓰니
이리 좋더라

내가 주인공인
대하소설

나는 이 자리에서 짧은 기간 쓰는 일기가 아니라 십 년, 이십 년, 오래 쓰는 일기에 대해 어떤 점이 좋은지 말해 보려고 한다. 사실 좋은 점은 너무 많지만 그래도 가장 좋은 점을 들라면 '자신이 주인공인 대하소설을 갖게 된다'는 점을 말하겠다. 여기서 내가 강조하고 싶은 부분은 '소설'과 '주인공'이다.

먼저 문학 양식의 갈래를 말할 때 일기는 분명히 '수필'에 속한다. 수필은 붓 가는 대로 편안히, 있었던 일을 쓰는 글이고, 일기는 그 대표적인 글이다. 일기를 아무리 길게 써도 그것을 소설이라고 하진 않는다. 일기 형식의 소설은 물론 있을 수 있지만. 그런데 나는 일기를 '소설', 그것도 '길이가 매우 길고, 등장인물이 많으며, 줄거리가 느리게 펼쳐져서 마치 커다란 물결의 흐름과 같은 장편소설'인 대하소설이라고 말했다. 오랫동안 써서 긴 세월의 이야기와 나를 둘러싼 수많은 사람들의 사연을 담고 있으니 일기를 '소설'이라고 눈감아만 준다면 대하소설이라고 말하는 건 이해가 갈 것이다.

그렇다면 수필과 소설은 무엇이 다를까?

우선 사실과 허구라는 점을 들 수 있겠지만 소설이 반드시 허구만을 다루지는 않는다. 소설도 사실을 다룰 수 있다. 만약 사실만으로도 소설적인 장치를 품을 수 있다면 사실 함량 백 퍼센트 소설도 얼마든지 있을 수 있다. 자전적 소설이라든가, 사소설이라든가 하는 소설들이 그와 비슷하다. 단지 백 퍼센트 사실만으로는 소설적 긴장을 유지하기 어렵고, 소설적 구조를 갖기 힘들어 어느 정도 허구가 들어가는 게 보통일 뿐이다. 똑같은 백 퍼센트 사실로 수필을 쓸 수도 있고, 소설을 쓸 수도 있는데 우리는 어떤 것을 수필이라 하고, 어떤 것을 소설이라 할까?

문학 이론에서 말하는 것은 제쳐 놓고 내 식대로 말한다면, 그것은 *끈끈한 유기적 연관이 있느냐 없느냐*가 아닐까 한다. 아무런 구애 없이, 스쳐 가는 바람처럼 놓인 문장들의 결합을 수필이라고 한다면(물론 그 속에도 주제가 있고, 기승전결은 있지만), 소설에는 어떤 필연성이 있어야 한다. 중요한 어떤 일이 '뜬금없이' 일어나지 않는다. 잘 드러나지 않게 숨겨 놓긴 하지만 '앞으로 일어날 사건을 미리 암시해 주는' 복선이라는 장치를 둔다. 일어나는 일이 '까닭 없이' 일어나는 것이 아니라 '필연적으로' 일어난다고나 할까? 그런 계산을 의식적으로 하면서, 혹은 자기도 모르게 무의식적으로라도 하면서 쓰는 게 보통의 소설이다. 그런데 50년 동안 일기를 써 오고, 그것을 내내 읽는 사람으로서 내가 깨달은 점은 긴 시간의 일기는 수필을 벗어나 그런 소설이 된다는 점이다.

물이 끓는점을 넘으면 기체가 되듯이 몇 십 년의 세월이 쌓이면 일기는 수필에서 소설로 그야말로 질적변화를 갖는다. 긴 시간을 다룬 일기는 짧은 시간을 다룬 일기와 전혀 다르다. 긴 시간을 다룬 일기를 몰아서 읽다 보면 무엇보다 숱한 '복선'을 만나게 된다. 바로 소설의 특징이다.

일기는 그날 있었던 일, 그날 한 생각, 그런 것들이 낙엽 떨어지듯 툭툭 쌓이는 글이다. 짧은 기간의 일기는 그런 부스러기들의 기록으로 엄연한 수필이다. 그런데 긴 시간을 다룬 일기를 읽다 보면 놀랍게도 뒷날 일어날 일들이 앞선 세월에 복선으로 깔리는 장면을 숱하게 만난다. 복선이란 그 복선이 다다르는 지점을 알게 될 때에야 그것이 복선이었다는 것을 깨닫게 된다. 짧은 시간의 일기는 거기까지 다다르지 않기 때문에 똑같은 사실이 적혀 있어도 그것이 '알고 보니 복선'이었다는 사실을 알아챌 수 없다. 일기에도 이런 생각을 적어 놓은 부분이 보인다.

내가 마치 《영혼의 집》의 클라라처럼 어린 시절부터 일기를 써 온 것만은 너무나 기쁘다. '너무나 빨리 흘러서 사건 간의 관련을 알아챌 기회를 결코 갖지 못한 채 기억은 사라지기 쉽고 한 일생은 너무나 짧으니까 나도 쓰고 그녀도 썼던 것이다.'

그 말 그대로 이제 22년째에 접어든 나의 일기도 비록 충실한 것은 못됐을지라도 이제는 사건과의 관련을 알아챌 수 있는 힘을 갖는다. 이제부터는 더욱 많은 것을 기록하고 싶다.

1994. 2. 10. 목

마치 누군가 작정하고 쓴 소설처럼 일기는 복선이 넘치는 진짜 소설이다. 이야기의 필연성이 분명히 존재하는 글.

어릴 때부터 나는, 인생이란 '신이 쓰는 소설'이라고 생각하길 좋아했다. 지금은 '신이 쓰는 드라마'라는 표현이 더 맞지 않을까 생각해 본다. 신이 오랜 세월에 걸쳐 연재하는 그 드라마를 글로 바꿔 적는 작업이 일기라고나 할까? 드라마 속에서 사는 주인공이 오랜 세월 일기를 썼다고 해 보자. 그 일기를 어느 날 쭉 읽던 그는 깜짝 놀란다. 뒷날 자신의 인생을 말해 주는 복선을 과거의 기록에서 수없이 만나기 때문이다. 수필로 쓴 일기가 소설처럼 읽히기 때문이다. 전율을 느낀 그는 하늘을 한번 바라볼지도 모른다. '누가 내 이야기를 쓰고 있나? 나는 그 이야기 속의 인물인가?'

긴 시간의 일기를 쭉 읽어 보면 그런 실감이 어찌나 강렬하게 드는지 온몸에 소름이 돋을 때가 종종 있다. 어렸을 때 겪은 어떤 장면이 복선이 되어 시간이 흐른 뒤 나의 일생에서 이야기를 만들거나, 스쳐 지나간 사람이 장차 뜻밖에 큰 의미를 갖게 되는 일처럼 어떤 사건이나 말, 심리 상황 등이 얽히고설키며 다음에 일어날 일의 복선이 되는 장면과 몇 번이고 부딪힌다. 나는 소설을 쓰는 사람이기 때문에 더욱더 그런 점들을 잘 알아챌 수 있는데 그럴 때 느끼는 전율은 오직 오랜 시간 일기를 쓴 사람만이 누릴 수 있는 특권이다. 그럴 때면 그것은 정말로 신이 쓰는 소설 같고, 신이 찍는 영화나 드라마 같다.

이런 까닭에 나는, 긴 시간 동안 쓴 일기를 수필이 아니라 소설이라고 말하는 것이다. (물론 아무리 내가 이렇게 주장해도 시험문제에서는 일기를 '수필'이라고 답해야만 한다!)

한 가지 덧붙이자면 소설에서는 꿈도 복선으로 이용된다. 세련된 방식은 아니지만 자주 쓰이는데, 일기에 적힌 꿈의 기록들이 나중에 현실로 드러나는 일을 볼 때면 그 또한 소설의 복선처럼 여겨진다. 이것은 오히려 예지력에 속한다고 할지 모르지만 복선은 복선이다. 그러나 꿈은 새까맣게 잊는 경우가 대부분이라 일기장에 적어 놓고도 기억하지 못할 때도 있다. 일기를 읽어 보고서야 꿈을 기억해 내고, 그 일의 연관을 깨닫고 놀랄 때가 많다. 사실은 우리 모두가 예지몽 같은 꿈을 자주 꾸는데 단지 꿈을 잊어버려서 그 꿈이 현실로 나타나도 알아채지 못하는 게 아닐까? 일기에 꿈을 적어 놓으면 복선이든, 예지몽이든 알아챌 수 있으니 그 또한 큰 재미다.

이렇듯 긴 세월의 일기가 수필에서 소설로 질적변화를 겪으면 단순히 수필의 '화자'였던 나도 어엿한 소설의 '주인공'이 된다. 긴 세월의 일기가 갖는 또 하나의 눈부신 점이다.

세상에서 '주인공'이라 불릴 수 있는 사람이 과연 얼마나 될까? 대부분의 사람들은 '조연'이나 '엑스트라'가 되어 세상을 살아가고, 심지어는 '실패자'로 불리며 살아간다. 그러나 일기라는 대하소설 속에서 나는 언제나 '주인공'이다. 세상이 나를 뭐라고 부르든, 아니, 스스로 자기를 어떻게 낮춰 보든 내가 쓰는 일기의 주인공은 무조건 '나'일 수밖에 없다.

어느 날 일기장에 쏟은 내 한탄이다.

내 삶은 완벽한 실패이다. 나는 도대체 어떻게 살아온 걸까? 어떻게 해야 제대로 부모 노릇을 하는 건지 나는 도무지 알 수 없다. 견딜 수 없는 무력증이 나를 널브러지게 한다. 모든 데서, 삶에서, 문학에서, 사랑에서, 결혼에서, 그리고 마지막 보루 같던 아이들에게서조차 나는 실패했다. 나는 부모로서 너무 무능하다. 도무지 갈피를 잡을 수 없다. (줄임)

이게 무언가, 내 사는 꼬라지가 이게 뭔가. 엊그제 36세의 생일을 보낸 나, 내 반생은 넘었을 생애의 결과가 겨우 이 모양이다. 딸의 눈앞에서 나는 한없이 궁색하고 무능한, 답답하기 짝이 없는 부모에 불과한지도 모른다. (줄임)

나는 내가 부끄럽다. 아이에게 휘둘리기만 할 뿐, 어떻게도 판단의 잣대가 되어 줄 수 없고, 존경도 못 받고 있는 게 내 꼬라지다. 부끄럽다. 참담하다. 이 일은 작은 도화선일 뿐이다. 아이에 대해 참담해하고 있자니 내 지난 삶이 한꺼번에 몰아닥쳐 나를 고꾸라뜨린다.

결국 내 삶은 무엇이었던가. 늘 잘난 척, 혼자 진실한 척하고 살아왔다. 남들보다 힘든 길, 일부러 고르며 살아왔다. 그것이 내 자부심이었다. 이기주의로 살지 않겠다. 진실되게 살겠다. 그러나 그 결과는 무엇인가. 나는 결국 누구보다 내 이기주의로 사람들에게 상처를 주고, 그야말로 기만의 늪에서 헤맨다. 내 잘난 척의 결과이다. 사는 게 허무하다. (줄임)

무엇에서 나는 삶을 제대로 살았다 할 것인가. 내 삶은 엉터리고, 허위이다. 어떤 것에도 나는 제대로 해낸 것이 없다. 그러면서 내 자신에 대해 무엇을 믿어 왔던가. 내 삶은 실패이다. (줄임)

아이들에게조차 나는 결코 좋은 엄마도, 좋은 친구도 되어 줄 수 없다. 문학은 또 어떤가. 나는 너무너무 막막하다. 아득하다. 아무것도 해낼 자신이 없다. 내 자신이 한없이 초라하고, 비참하다.

1996. 7. 2. 화

이날 있었던 일화를 토대로 나중에 청소년 단편소설을 쓰기도 했다. 나는 그때보다는 성숙하여 지금은 전혀 다른 가치관을 가지게 되었기에 그날의 내 딸한테 너무나 미안하다. 그러나 그날의 절망만은 지금도 고스란히 떠오른다. 친구처럼 좋은 부모가 되고 싶다는 건 간절한 꿈이었기에 그때는 정말 괴로웠다. 안 그래도 모든 데서 막혀 있던 그때, 부모로서도 실패했다는 생각은 그야말로 나를 고꾸라뜨렸다. 그러나 아무리 내 삶을 실패라 여기더라도, 일기장 속에서 나는 '주인공'이다. 실패를 경험하는 주인공, 성공하고 잘난 등장인물이 있다 하더라도 내 일기 속에서 그는 조연이나 엑스트라다.

작가로서도 실패자로 여기며 괴로워하던 45세 때 일기도 보인다.

내 소설들이 하나같이 형편없이 여겨질뿐더러 내 삶이 모두 가증스럽고 엉터리 같다. 우울하고 무력해져서 아무것도 할 수 없었다. (줄임)
모래로 된 가슴처럼 모든 것이 무너지는 허방의 느낌.

2005. 10. 14. 금

이렇게 살다간 어떤 죽음을 맞을까?
나라는 인간이 자꾸 싫어져 끝없이 가라앉는다.

그러지 말아야 하는데. (줄임)

견디기가…… 힘들다.

2005. 10. 16. 일

손가락 사이로 모래가 흐르듯이 삶의 의지가 소르르 빠져나가던 때였다. 그럼에도 나는 그 순간 내 일기라는 공간에서 '주인공'이다. 소설의 주인공은 잘난 사람이 아니어도 된다. 악한이든, 패배자든, 소심한 영혼의 소유자든 그의 입장에서 서술되는 이야기라면 그가 주인공이기 때문이다. 세상이 나를 어떻게 보든 일기 속에서 내가 주인공이라는 사실은 '나'의 자존감을 높여 준다. 자신을 존중하는 힘이 생긴다. 일기라는 세상에서는 누가 뭐래도 주인공인 덕분에 '나'는 현실 세상이 주는 어떠한 수모나 멸시도 버텨 낼 수가 있다. 무슨 일이 있어도 나를 믿고 존중해 주는 절대적인 내 편이 있는 느낌이랄까? 이 거친 세상에서 쓰러지기 직전의 '나'를 받쳐 주는 마지막 받침대 같은 일기, 이 또한 너무나 마음에 드는 일기의 장점이다.

이렇게 나는 내가 주인공인 대하소설을 가지게 되었다!

나만의
전용 타임머신

오랜 시간 쓰는 일기의 두 번째 장점은 사실 첫 번째로 말하고 싶을 만큼 매력이 넘치는 장점이다. 그것은 지금의 과학 수준으로는 전세계 어떤 재벌도 가질 수 없는 어마어마한 재산, 자기만의 전용 타임 머신을 갖게 된다는 점이다. 〈시간 여행자의 아내〉라는 영화가 있다. 과거의 시간으로 불쑥불쑥 갈 수 있는 능력을 가진 주인공이 겪게 되는 여러 사건을 다룬 흥미로운 영화이다. 그런데 나는 이 영화를 보다가 문득 깨달았다. 저거, 내가 맨날 하는 일인데?

그는 과거의 어떤 시점으로 가서 과거의 경험을 똑같이 되풀이한다. 나도 그렇다. 어떤 시기의 일기장을 펼쳐 읽기만 하면 나는 바로 그 남자처럼 즉시 그 시간으로 돌아간다. 그는 그의 의지와 상관없이 그러지만 나는 내가 가고자 하는 시간을 골라 과거로 돌아간다. 물론 나는 일기라는 타임머신을 타고 가지만. 단지 영화 속 남자는 과거를 바꿔 내기도 하는데, 나는 그러지는 못한다. 나는 바라볼 수만 있다. 과거에 끼어들지는 못한다. 그러나 그 점만 뺀다면 나도 그와 같은 시간 여행자이다. (영화에서 또 하나 재미있는 건 시간 여행자의 아내가 주인공을 만날 때마다 일기를 쓴다는 점이다. 그렇다면 그도 내 기준으론 시간 여행자이다!)

시간 여행을 하여 그 순간으로 돌아가는 것은 그 시간을 현재 시점에서 추억하고 그리워하는 것과 질적으로 다른 경험이다. 누구나 과거를 기억한다. 잊히거나 왜곡된 기억도 많지만 어린 시절, 젊은 시절의 일들을 모조리 잊어버린 사람은 없다. 기억상실자가 아니라면 말이다. 누구든 과거를 회상할 수 있다. 그러나 기억의 왜곡 때문에 같은 일을 달리 기억하는 건 제쳐 놓더라도, 회상은 실제의 경험과는 전혀 다르다. 생각하는 주체가 달라졌기 때문이다. 40대의 인간이 10대를 돌아본다. 그것은 어디까지나 40대의 마음으로 10대를 돌아보는 것이다. 40대의 거름망으로 걸러지는 10대의 기억이라고나 할까? 그래서 모든 사람들이 과거를 기억하면서도 자기가 거쳐 온 나이의 사람들을 이해하지 못하는 일이 일어난다. 아니, 어제의 일을 기억하더라도 그것은 어디까지나 회상이다. 그러나 일기장을 읽으면 바로 그 순간으로 돌아간다. 타임머신을 타고 간 것처럼 그 즉시 그때로 돌아간다. 정말로 시간 여행을 한다! 그 시간을 다시 살게 된다!

여학교 시절의 일기를 이틀에 걸쳐 읽어 보았다. 마치 타임머신이라도 타고 과거를 여행하고 온 기분이다. 일기를 써 놓길 얼마나 잘했는가. 나는 써야 할 원고 따윈 까맣게 잊어버리고, 그 속에 흠뻑 빠져들었었다. 벌써 십여 년도 더 흐른 세월이건만 모든 것이 생생했다.

1988. 1. 20. 수

물론 내 일기가 모든 과거를 낱낱이 기록하고 있지는 않지만 그 무렵의 일기를 펼치기만 하면 나는 거기에 적힌 글만 보는 것이 아니라 그 글들을 실마리로 하여 그 시간을 통째로 다시 겪는다. 우리가 어떤 음악을 들을 때, 그 음악을 듣던 과거의 그 순간으로 확 돌아가는 경험과 약간은 비슷하다고 할까? 나는 일기를 쓰기 시작한 열세 살 이후로는 과거의 순간으로 언제든 갈 수 있다. 그 속에서 다시 과거의 내가 되어 울고, 웃고, 슬퍼하고, 행복해하고, 괴로워한다. 그렇게 다시 살아 보는 느낌의 맛을 무어라고 표현할 수 있을까?

가령 고등학교 시절 마지막 가을에 쓴 이 일기를 읽는다 치자.

참 묘하게도 아무리 밀려도 한 달에 한 번씩은 꼭 일기를 쓰게 된다. 못 견디게 쓰고 싶은 충동이 한 달에 한 번은 꼭 온다.

교련 사열을 긴장 속에서 무사히 끝내고, 일찍 끝나서 목욕을 갔다 왔다. 감기 때문에 쉬는 김에 최인호의 《우리들의 시대》 하편을 다 읽어 버리고 말았다. 그리고는 생각했다. 아니, 문득 느꼈다. 나는 지금 여학교의 마지막 가을을 보내고 있다는 것을. 마지막이다, 모든 것이.

체력장을 끝으로 체육 시간은 시간표에서 지워지고, 오늘 교련 사열을 끝으로 체육복과 교련 가방은 필요 없어진다. 하복은 이미 어딘가에 내팽개쳐져 있고. 친구들, 아직 이름조차 다 못 외는데, 이들과 헤어져야 한다. 여학교 시절, 나는 꿈 많고 착한 소녀였다. 낭만이 지나쳐서, 그것이 나의 감정에 그늘을 내린 일도 있었지만, 성숙하게 조금씩은 자라 왔던 것 같다.

《우리들의 시대》에도 나왔듯이 고등학교 시절은 애벌레의 시절이다. 과연 나는 아름다운 나비가 될 수 있을까? 나방이 되지 않기 위해 이 마지막을 애써 보내자.

벌써! 신기하다. 어느 사이 세월이 이렇게 흘렀을까?

종로도, 이 눈부신 벽돌 건물도 이젠 떠나야 한다.

내가 제복을 입고 보내는 마지막 가을. 떨어지는 나뭇잎 하나하나가 애틋해 보인다. 설렘과 슬픔과 행복과 놀라움, 실망으로 짜졌던 한 폭의 옷감처럼, 나의 여학교 시절은 이제 닳아난다.

단발머리도 좁은 운동장도 안녕! 안녕!

때론 지겹고, 벗어나고 싶기도 했지만 나를 살찌우고, 나를 보호해 주던 이곳. 나는 감사의 기도로 이곳을 떠나야 할 것 같다. '후딱' 소리라도 날 것같이 '후딱' 나는 늙을 것이며, 사랑하는 사람들과 헤어질 것이며, 급기야는 한 줌의 흙으로 돌아갈 것이다.

슬퍼하지 말자. 열아홉 살, 그 넘기기 힘들다는 아홉의 고비를, 아름다운 십 대를, 나는 다소곳이 넘기자.

헤어질 때, 떠날 때를 알고, 헤어지고, 떠나는 자는 아름답다고 했다.

이 가을, 나는 오직 입시가 며칠 남았다는 것만 체크해 가고 있었다.

잠시 눈을 들자. 그리고 이 제복 시절의 마지막 가을에 애틋한 이별의 눈빛이라도 보내야겠다.

1978. 9. 20. 수

다른 날의 일기보다 조금 그럴듯하게 쓴 일기다. 아마도 최인호의 소설을 막 읽은 뒤라 감염이 되었을 것이다. 어쨌든 이 일기를 읽으면 나는 바로 그 순간으로 돌아간다. 그날 그랬지, 하고 기억하는 것이 아니라 타임머신을 타고 간 것처럼 바로 그 순간으로 돌아간다. 물론 다른 사람은 이 글을 읽어도 같은 경험을 할 수 없다. 다른 사람들은 이 일기를 종이에 적힌 '글'로만 읽을 뿐이다. 그러나 나는 바로 그 자리로, 과거의 내가 되어 이동을 한다. 그것은 현재의 내가 회상하고, 추억하는 것과는 전혀 다른 경험이다. 그것은 그대로 다시 살아 보는 경험이다. 나는 다시 소녀가 되고, 젊은이가 되고, 사랑도 하고, 고통도 겪어 보며 그 삶을 몇 번이고 다시 산다. 과거를 고쳐 내지는 못해도, 몇 번이고 다시 과거를 경험할 수 있는 기쁨, 몇 번이고 되살아 보는 경이로움!

그것에 보태어 나는, '후딱' 소리라도 날 것같이 그새 늙은 나는, 다초점 렌즈라도 낀 것처럼 늙은 나로서도 동시에 이 순간을 겪는다. 타임머신하고 똑같다. 그 순간으로 돌아가서 그 경험을 하면서도, 미래의 내가 동시에 그 경험을 겪는다. 다시 살아 보는 경험이 아무리 고통스럽고 슬프더라도, 설사 눈물을 흘리고, 괴로워 몸부림을 칠지라도 그것을 다시 경험하는 느낌은 풍요롭다. 이미 지나간 시간을 다시 사는 것이니까. 타임머신을 타고 와 있다는 걸 너무도 분명하게 알고 있으니까.

이렇게 나는 나만의 전용 타임머신을 가지게 되었다!

내가 가장
즐겨 읽는 책

나의 비밀 일기 〈속삭임〉은 어느새 150권에 다다랐다. 그 속에는 그야말로 조숙한 문학소녀였던 열세 살의 내 모습부터, 격동기의 청춘 시절을 지나며 남보다 일찍 결혼을 하고, 딸 둘을 둔 어머니가 되고, 사회변혁의 흐름에 몸을 던지고, 작가도 되고, 온갖 삶의 경험을 겪어 가며 어느덧 중년을 지나 노년기에 들어선 내 모습이 고스란히 담겨 있다.

물론 실제로 일기를 쓴 날은 살아온 날보다 훨씬 적다. 하지만 내 삶을 담은 것이기에 나는 아무것도 써 있지 않은 백지의 날들까지도 읽어 낼 수 있다. 민주주의가 짓눌리던 전두환, 노태우 대통령 시절에는 심지어 정치사회적인 이유로 일기를 쓸 수 없었던 때도 있었다. 내가 쓴 사람 이름 하나가, 무심코 적은 사실 하나가 어떤 결과를 불러

올지 모르는 무서운 시대였으니까. 실제로 나는 일기장을 수사기관에 빼앗길 뻔한 적도 있었다.

1990년 초, 노동운동을 하던 남편이 잡혀갔고, 며칠 뒤 집으로 수사관들이 몰려왔다. 나는 그때 일하러 나가 있었는데 갑자기 동네 이웃한테 연락이 왔다. 낯선 사람들이 몰려와 집 문을 따고 들어갔다고 했다(도둑과 달리 그들은 사람들 앞에서 버젓이 문을 땄다!). 그길로 달려와 보니 대문은 활짝 열려 있고, 낯선 남자들이 집에 있는 사회과학 관련 책이니 인쇄물들을 상자마다 가득가득 담고 있었다.

예상한 일이라 크게 놀라지 않았는데도 두렵고 떨렸다. 그러다 문득 보니 그 상자 속에 내 일기장들이 담겨 있지 않는가? 그건 예상하지 못한 일이라 가슴이 철렁했다. 수사에 문제가 될 만한 건 하나도 쓰지 않았지만 그것들은 내 속살이나 다름없는 존재였다. 낯선 그들이 읽는다고 생각만 해도 숨이 막혔다. 절대로 빼앗길 수 없었다, 절대로! 그랬기에 나는 되찾을 수 있을지 자신도 없고, 말을 꺼내는 게 겁도 났지만 간신히 있는 용기를 다 쥐어짜 항의를 했다.

"저 노트들은 제 거니까 가져갈 권리가 없습니다. 돌려주세요."

그나마 당시에는 1987년 6월 항쟁의 결과로 조금은 민주화가 된 시대여서 수사관들은 힐끗 나를 바라보더니, 순순히 일기장들을 내주었다. 수사관들은 먼 훗날의 도둑과는 달리 내 일기장에 흥미를 가졌겠지만 이미 수사가 다 끝나 당사자를 잡아다 넣은 뒤였으니 굳이 그런 것까지 필요가 없기도 했을 터였다. 수사관이 돌려주는 일기장들을 받으며 안도의 한숨을 내쉬던 내 모습이 떠오른다. 나는 잃어버린 아이라도 되찾은 듯 일기장을 소중히 껴안았다. 일기조차 마음대로 쓸 수 없는 시대, 심지어 일기장이 압수 수색의 대상이 될 수도 있는 시대였다. 그날의 기록조차 나는 일기에 적지 못했다. 경황이라곤 없었다. 몰아치는 일들로 정신이 없기도 했지만 당시는 무엇이든 적는 게 멈칫거려지는 시대였다. 일기를 마음 편히 쓰기 위해서라도 세상의 민주화는 꼭 필요하다!

씌어 있는 날만이 아니라 비어 있는 지면으로도 내 삶의 어느 순간으로 훌쩍 가게 해 주는 일기는 내가 어떤 책보다도 가장 즐겨 읽는 책이다. 과거의 어느 순간으로 훌쩍 갈 수 있는 게 재밌어서 틈만 나면 나는 일기장 장에서 일기를 꺼내 읽는다. 밖에 나갈 때에도 일기장 장을 열고, 빼꼭하게 꽂혀 있는 일기장들 가운데 어느 걸 읽을까 자주 고민한다. 옷과 구두를 잔뜩 가진 배우나 모델이 무엇을 입고 신을까 고민하듯이.

일기가 나의 애독서가 된 것은 사실 초창기부터다. 중학교 2학년 때에도 나는 초등학교 때의 순수함을 그리워하며 일기를 읽었다.

좀 전에 〈속삭임〉 1권과 2권을 읽어 봤어. 그 즐겁던 시절이 불현듯 그리워져서…… 문장 하난 지독히 어리더라. 그러나 순진하고 깨끗한 그런 면모가 엿보였어. 〈속삭임〉은 그렇게 어리게 써 났지만 그때의 나, 그렇게 어리지는 않았었어. 문장과 글씨가 지저분한 건 순전히 내가 진짜 일기를 썼기 때문이라고 생각해. 남에게 보이는 일기가 아니기 때문에…… 나, 그 시절이 그리워. 그토록 솔직할 수 있던 시절…….

1974. 8. 14. 수

이랬던 아이는 내내 자기 일기를 틈만 나면 읽어 대며 나이를 먹어 간다. 40대의 어느 날 일기에도 일기를 읽는 얘기가 나온다.

방에 와서 근처 슈퍼에서 상 하나 사 가지고 와 물건들 정리하고, 지난 일기들을 읽었다. 그냥 집어 온 일기장은 2002년 마흔셋, 내가 장사를 그만둔 뒤 토지문화관에 들어갈 무렵의 일기였다. 비로소 글 쓰고 번역하는 사람으로 내 인생이 풀어질 무렵, 그리고 3년, 정신없이 몰려서 살아왔다고만 생각했는데 그렇지 않았다. 나는 짧은 시간에 착실하게 성장해 온 것이다. (줄임)
혼자 이 방에 오니 뭐라 말할 수 없이 그윽한 기분이다. 어딘가의 보이지 않는 동굴로 스며든 듯. 이제 비로소 내 방을 가진 기분이다. (줄임)
이곳은 딱 숨는 느낌, 은밀하고 은밀하다. 비로소 내 영혼이 쉴 곳을 찾은 느낌이다. 이 방과 이 방에서 흐르는 시간에 신의 축복이 깃들기를!
2005. 9. 4. 일

내가 틈만 나면 일기를 읽는 가장 큰 까닭은 재미있기 때문이다. 그러나 내 일기가 누구한테나 재미있는 글은 절대 아니다. 누구도 내 일기를, 나만큼 깊이 이해하며 읽을 수는 없기 때문이다. 워낙 처음부터 멋지게 안 쓰려고 노력하던 버릇이 붙어서 작가가 된 뒤에도 내 일기는 여전히 거칠고, 문학적이지 않은 날것이라 더욱 그렇다. 누가 읽을 걸 생각하고 쓰는 글이 아닌 데다, 손글씨로 쓰는 일기라 쓰는 일 자체가 귀찮아서 메모처럼 대강 줄여 쓸 때도 많다. 어릴 때는 진실을 지키기 위해 일부러 괴발개발 썼다면 지금은 쓰는 게 귀찮아서 그렇게 쓴다.

컴퓨터로 쓰는 것에만 익숙해져서 손글씨로 쓰는 일이 여간 귀찮지 않다. 잠시 컴퓨터로 일기를 써 본 적도 있는데 그렇게 해 보니 쓰는 게 힘들지 않아서 얼마든지 쓸 수 있었다. 생각이나 느낌에 대해서도 길게 쓸 수 있었고, 문장도 훨씬 훌륭해졌다. 나는 그 일기를 인쇄해 일기장에 붙였다. 그런데 이상하게도 인쇄된 일기는 읽고 싶은 마음이 들지 않았다. 컴퓨터에 저장해 놓고 읽어도 좋을 텐데 워낙 일기장에 익숙해져서인지 그것도 내키지 않았다. 아무 데서나 쓱 꺼내 쓸 수 있고, 언제든 달랑 들고 다니며 읽을 수 있는 일기장이 나는 좋았다. 그래서 다시 일기장으로 돌아와 여전히 귀찮은 손글씨로 대강대강 삶을 기록하며 계속 일기를 쓰고 있다. 이러니 나의 최고 애독서라고 자랑했지만 다른 사람한테는 아예 읽을거리조차 못 되는 글이다.

가끔 다른 작가들의 일기를 엮은 책을 읽어 보면 낯이 달아오른다. 작가다운 멋진 문장 앞에 절로 고개가 수그러진다. 내 일기는 전혀 작가의 글답지 않은 평범한 기록일 뿐이다. 그런데도 나는 내 일기를 읽는 게 너무나 재미있다. 그것은 내가 몸부림쳐 살아온 삶의 기록일 뿐만이 아니라 적혀 있지 않은 것들까지 읽을 수 있기 때문이다. 내 딸들이라 할지라도 내 일기를 나만큼 재미있게 읽지 못할 거고, 제대로 이해할 수도 없을 것이다. 내 일기는 오직 나만이 완벽하게 이해할 수 있는 '나만의 애독서'일 따름이다.

그런가 하면 일기장에서 만나는 오래전 내 모습은 너무도 낯설어서 나라고 느껴지지 않을 때도 많다. 이게 정말 나인가? 이렇게 낯선 존재가? 마치 길목마다 기다렸다가 바통 터치를 받은 다른 여자가 교대로 내 삶을 살아온 것처럼 느껴질 때도 있다. 그랬기에 그것을 읽는 일은, 자신의 삶을 다시 겪어 보는 경험에 더해 내가 아닌 다른 사람의 삶을 보는 것 같은 호기심도 불러일으킨다. 앞에서도 딸이나 손녀의 일기를 훔쳐보는 느낌이란 말을 썼지만 정말 그렇다. 내 삶을 돌아볼 뿐만 아니라 남의 삶을 훔쳐보는 듯한 재미까지 주는 나의 일기, 얼마나 재미있는지, 이 맛은 직접 겪어 보지 않으면 모른다(이런 표현을 내내 쓰는 나를 용서하시라. 그러니 당신도 써 보라는 강요다!). 그러므로 다른 사람한테는—도둑한테 그랬듯이—폐휴지에나 해당될 내 일기장들이 내게는 최고의 애독서이다.

똑같은 일기인데도 읽을 때마다 다른 느낌을 받는 것도 색다른 묘미다. 자신이 이미 다 안다고 믿는 그 기록이 읽을 때마다 새로운 흥미를 준다. 그것은 내가 그만큼 성장하거나, 혹은 변했기 때문일지도 모른다. 읽는 내가 달라졌기 때문에 똑같은 일기가 전혀 다른 맛을 준다. 그 점은 나의 변화를 느끼게 해 주어서 그 또한 읽는 맛을 준다. 고통스런 기록이나 자신에 대한 혐오를 담은 부분은 읽는 것조차 괴로워서 오랫동안 건드리지 않기도 한다. 그 시간을 돌이켜 볼 자신이 없어서이고, 그 괴로움을 다시 되씹고 싶지 않기 때문이다. 그러다 어느 순간, 그 일기장에 손이 갈 때가 있다. 내가 어느새 그 시간을 극복해서 이제는 그것을 지나간 일로 받아들이게 되었다는 신호이다. 아니면 아직 극복하지는 못했어도 정면 대결할 힘이 생겨나서 그럴 때도 있다. 내가 너그러워졌거나 그만큼 성숙했다는 뜻이리라.

일기를 읽는 일은 자기 삶을 들여다보는 일이면서 또한 다른 사람의 삶을 보듯 그것을 들여다보는 일이기도 하다. 일체감과 거리감을 동시에 느끼는 일. 그 일은 읽어 낼 힘만 생긴다면 아무리 괴롭고 고통스런 과거라도 재미있게 읽을 수 있다. 우리가 슬프고 고통스런 영화를 보더라도 재밌다고 말하는 것처럼.

문득 어떤 시기의 일기가 읽고 싶어 일부러 찾아 읽는 일도 있다. 그냥 그 순간으로 돌아가고 싶어서, 그 순간이 그리워서, 어떤 시기의 일을 집중적으로 돌아보고 싶어서 그러기도 하고, 나름대로 주제를 정해 해당하는 부분을 읽기도 한다. 예를 들어 '30대'나, '중학 시절', '2003년에서 2005년까지', 혹은 3년 전 오늘이나 7년 전 가을…… 이렇게만 읽어도 며칠씩 시간이 걸리기 때문에 전체 일기를 한꺼번에 읽는 일은 엄두를 내기 어렵다.

최근에 쓴 일기는 몇 번이고 읽어 보는데 그것은 흐름을 보기 위해서다. 일기를 쭉 읽고 있으면 낱낱의 일기로는 알 수 없는 어떤 흐름을 알게 된다. 내가 지금 어떤 흐름을 타고 있는지 살펴보는 것이다. 그것을 1년, 3년, 이런 식으로 길게 읽으면 역사책을 읽듯 큰 흐름을 알게 된다. 사건 하나하나가 아니라 그것들이 모여 이루는 어떤 흐름을 읽는 게 역사가 아닐까. 과거를 다시 살고, 흐름을 통해 미래를 짐작하기도 하면서 남의 일생을 들여다보듯 내 일기를 읽는다. 읽고 읽고 또 읽어도 내게는 가장 재미있는 애독서가 나의 일기이다.

이렇게 나는 오늘도 나만의 애독서인 일기장을 뽑아 읽는다.

조물주의 심정으로
'과거의 나'를 보는 재미

이 글을 쓰면서 나는 지금까지 써 온 일기장을 1권부터 150권까지 쭉 읽었다. 일상을 수행하면서 그 많은 일기를 읽자니 보통 일이 아니어서 시간이 너무 오래 걸렸고, 그 바람에 이 원고를 쓰는 일도 늦어지고 말았다. 일기장이 열 몇 권 정도일 때나 그렇게 읽는 일이 있었지, 수십 권이 넘어간 뒤로는 처음 해 본 일이었다. 물론 하도 오랜 시간에 걸쳐 읽어서(몇 달이나 걸렸다!) '쭉 읽었다'는 느낌이 별로 들지 않지만 그래도 150권의 일기장을 처음부터 차례대로 다 읽어 냈다.

그동안은 엄두를 내지 못해서 시간대를 골라 나누어 읽는 게 고작이었다. 그런 식으로야 늘 읽어 왔는데 그러다 보니 손이 잘 안 가는 구간이 있었다. 그것은 일기 초창기, 그러니까 초등학생부터 고등학생에 이르는 기간과 아직도 힘들어서 다시 떠올리고 싶지 않은 시기들이 그랬다. 그런데 이번에 1권부터 빠뜨리지 않고 초등학교 시절부터 읽다 보니 일기장에 적힌 자신이 나와 같은 사람이라고 느껴지지 않을 때가 생각보다 더 많았다. 시간을 거슬러 갈수록, 세월의 거리가 더 멀수록 그런 미묘한 느낌은 더했다. 앞에도 썼지만 조금씩 모습이 다른 '나'들이 바통 터치를 하며 이어달리기를 하는 느낌이 강하게 들었다. 그 모든 '나'가 한 사람일 수 있을까? 하긴 하루에도 3000억 개가 넘는 세포가 우리 몸안에서 죽고 바뀐다고 하니, 어제의 나와 오늘의 나도 다른 존재라면 다른 존재라고 할 수 있겠지만.

과거의 나, 지금의 내가 자신을 바라보고 있는지 전혀 모르는 어린 나, 젊은 나, 몇 년 전의 나, 며칠 전의 나를 보는 일은 아주 묘한 느낌이다. 앞으로 다가올 일에 대해 아무것도 모르는 한 소녀가, 한 젊은 여성이, 한 중년 여성이 인생을 뚜벅뚜벅 걸어간다. 그 모습을 '지금의 내'가 바라본다. 이미 그 인생을 한참 살아 버린 지금의 내가 그 소녀, 그 여성한텐 '미래의 나'일 지금의 내가.

'과거의 나'는 앞날에 무엇이 있는지 전혀 모른 채 슬퍼서 몸부림치고, 괴로워서 숨을 헐떡이고, 분노로 펄펄 뛴다. 그런가 하면 행복에 겨워 환성을 지르고, 즐거워서 어쩔 줄 모르고, 좋아서 활짝 웃는다. 그런 '나'들을 바라보는 느낌은 참으로 먹먹하다.

일기장을 펼치면 과거 시점으로 돌아가 다시금 과거의 삶을 살지만 동시에 그 '과거의 나'의 미래를 아는 나는, 그런 '과거의 나'를 애잔하게 바라본다. 기뻐하면 기뻐하는 대로, 슬퍼하면 슬퍼하는 대로,

이미 그 뒤에 펼쳐질 미래를 아는 나한테는 애잔할 따름이다. 때론 답답하고, 안쓰럽기도 하지만 그 모든 감정은 다 애잔함을 몰고 온다. 미래의 더 늙은 나는 '지금의 나'를 이런 느낌으로 바라볼 테지.

　고통받거나 환희에 들떠 있는 '과거의 나'를, 이미 그다음의 삶을 아는 '지금의 나'가 바라본다. 해 줄 수 있는 건 없다. 〈시간 여행자의 아내〉에 나오는 주인공은 과거로 돌아가 과거를 바꾸지만 나는 그럴 수 없다. 그저 바라보기만 할 뿐이다. '과거의 나'가 저지르는 어리석은 짓에 가슴을 두드릴 뿐, '과거의 나'가 잘한 선택에 박수를 보낼 뿐, 아무것도 할 수 없다. 그러나 내 마음은 나도 모르게 그 '과거의 나'에게 말을 건다. '조금만 참아. 곧 좋은 일이 기다리고 있어' 격려해 주기도 하고, '잘했어, 아주 잘한 거야!' 박수를 쳐 주기도 하고, '어떡하니? 이제 곧 힘든 일이 닥칠 텐데' 걱정해 주기도 하고, '넌 그 남자를 사랑하게 될 거야', '그 친구는 평생의 친구가 될 거야' 예언을 해 주기도 한다. 물론 '과거의 나'는 한 마디도 들을 수 없지만.

　신이 있다면 그도 나와 같은 심정으로 우리를 바라보지 않을까? 모든 미래를 아는 그는 현재밖에 모르는 우리를 안쓰럽게 바라볼지도 모른다. 신이니까 어쩌면 개입해서 운명을 틀어 놓을 수도 있겠다. 나는 인간이니 그런 힘은 없지만 '뒷날의 일을 아는 존재'로서 '과거의 나'를 바라보는 마음만은 그런 신, 조물주와 비슷하리란 생각이 들 때가 많다. 이런 습관이 들다 보니 나는 가끔 '지금의 나'를 '미래의 나'가 되어 바라보기도 한다. 지금 나보다 훨씬 나이를 먹은 내가 '지금의 나'를 바라보면 과연 어떻게 보일까? 어쩌면 이 순간, 미래의 내가 지금의 내 일기를 읽고 있는 것은 아닐까?

첫 아이가 돌이 될 무렵 쓴 일기이다.

민이는 차도가 있다. 아주 잘 걸어 다니는 우리 아가. (줄임)
이 일기를 시작했던 열세 살 겨울, 이제 한 달만 있으면 만 11년째 일기
를 쓴 셈이 된다. 그 어린 마음에도 나는 이 일기를, 크면 내 딸에게 보여
주겠다고 생각했는데.
십 년은 참으로 긴 세월이다. 그 어린 소녀가 바로 이 일기장을 보여 줄
딸까지 얻게 됐으니. 참 우습기도 하고, 두렵기도 하고.
1983. 11. 11. 금

열세 살에 처음 일기를 쓰던 그 어린 소녀가 자라 얻은 딸이 어느
새 중년이 되었다. 그 딸의 아들은 지금 6학년이다. 내가 처음 일기를
쓰기 시작한 나이. 결과로서 이런 사실을 대하면 그 세월이 놀라울 뿐
이다. 하지만 일기를 읽을 때 나는 바로 저 순간으로 돌아가서 마치
천장에서 내려다보듯이 그를 바라본다. 초등학교 6학년이 어느새 아
이 엄마가 되었다지만 아직 대학생이었던 그때의 내가 내려다보인다.
　앞으로 그가 겪을 험난한 세월이 보이는 나는, 그 세월을 뚫고 나
가야 할 그가 안쓰럽다. 그는 지금 아이가 크는 걸 제대로 보지 못하
고 일찍 죽을까 봐 겁을 낸다. 그가 사랑했던 사람들이 내리 세상을
뜨던 충격에 빠져 있고, 그가 택한 삶이 평탄하고 안전한 길이 아니어
서 불안에 젖기도 하고, 그 모든 걸 떠나서 어쩐지 오래 살 자신이 없
기도 하다.
　바로 다음 해, 스물네 살 때 일기이다. 내가 사랑하는 사람들의

죽음이 계속 이어졌다.

마지막 쓴 일기의 끝 구절이 '내일은 외숙모 문병을 가야겠다, 가여운 외숙모'였는데, 그 외숙모가 돌아가셔 버렸다. 참으로 믿기지 않는 일이다. 믿을 수가 없다.

도대체 이게 무슨 일인가. 마흔셋인 외숙모가, 그토록 아름답고 어질던 외숙모가, 아무렇지도 않던 외숙모가 병원에 입원한 뒤 불과 한 달 만에. 기묘한 느낌마저 든다.

어제 부슬부슬 비가 내리는데 외숙모를 묻고 오는 기분은 참으로 표현할 길이 없는 심정이었다. 있을 수가 있는 일인가. 너무나 억울하고, 가슴이 메어 견딜 수가 없었다. 내가 그렇게 좋아했고, 나를 그렇게 아껴주었던 외숙모, 내가 새아줌마라고 부르며 따랐던 분……. (줄임)

아버지, 친할머니, 외할머니, 외숙모…… 줄 잇는 죽음 앞에서 나는 한 발 한 발 죽음을 향해 걸어가는 자신의 모습이 실감 난다. 아버지가 돌아가시기 며칠 전에 하시던 말씀, "매일매일 무덤을 향해 걸어가는 기분이다"라던 말씀을 알 것 같다.

그다음 차례는 꼭 나일 것 같다. 어쩐지 그런 기분이 든다. 이러다 백 살도 넘게 살지도 모르지만. (줄임) 이슬, 안개, 그 모든 덧없이 사라지는 것 중에도 인간의 죽음은 그 슬픔만큼 더욱 덧없다. 어쨌든 언젠가 죽는 것만은 틀림없다. 빠르든 늦든. (줄임)

가는 자만이 갈 뿐이다. 죽음은 가장 고독한 길이다. 남는 것은 아무것도 없다.

1984. 6. 23. 토

저 일기를 쓰고 얼마 뒤, 나는 둘째를 가졌다는 걸 알게 된다. 언제나 죽음과 탄생을 함께 겪는 내 운명에 어지러웠다. 첫째가 만삭일 때 아버지가 돌아가셨다. 한 장면이 문득 떠오른다. 장례를 치른 뒤 상복을 벗자 입을 만한 검은 옷이 한 벌도 없었다. 내가 가진 임신복 몇 벌은 하나같이 화사한 빛깔이었다. 누군가가 나를 데리고 남대문시장 옷가게에 갔을 때였다. 상주를 표시하는 하얀 핀을 꽂고 검은색 옷을 찾자 주변 가게 사람들이 다 몰려와 나를 자기네 가게로 끌고 가려고 잡아당겼다. 만삭의 임부에 상주라는 그 극단의 대비가 장사에 좋다는 속설 때문이었다. 영구차를 보면 재수가 좋다는 속설 비슷한 것이겠지만 슬픔에 잠겨 있던 나는 그들이 너무도 잔인하게 여겨졌다. 겨우 스물셋이었으니 생활에 닳고 닳은 그들의 강팍함을 조금도 이해할 수 없었다. 그 장면이야말로 죽음과 탄생을 함께 겪는 내 운명의 상징처럼도 느껴진다.

　　뱃속에 있는 아기 때문에 아버지의 죽음에 대해 슬픔을 억눌러야만 했는데, 외숙모의 죽음에 대해서도 나는 제대로 애도할 수 없었다. 이렇듯 죽음이 내내 내 곁에 있었기에 다음 해, 바로 그 아이, 둘째를 낳으러 병원에 들어갈 때는 만일을 대비해 사무적인 유서까지 일기에 남겼다.

　　오늘도 우리 아기 생일은 아니다. (줄임)
　　어떤 아이가, 어떤 인격을 가진, 어떤 생명체가 내 뱃속에서 탄생을 기다리고 있을까. 제발 아무 탈 없는 애기이길 간절히 빈다. 어젯밤엔 왠지 마음이 울적해서 눈물을 다 흘렸다. 죽음에 대한 불안이 자꾸만 나를 덮친다. 모든 일이 다 끝난 뒤 지금의 불안감을 돌이키며 웃을 수 있었으면.

가까운 사람들의 죽음을 무더기로 만난 탓일까. 나는 죽음이 먼일로 여겨지지 않는다. 죽음 자체가 두려운 것보다 아무런 준비 없이, 의식이 없는 상태에서 죽음을 맞을 것 같아 그것이 두렵다. 만일을 위해서 그에게 편지를 써 두려고 했는데 자꾸만 미뤄진다. 여기라도 간단히 적어 두자. 죽은 자는 말을 못 하니까.

우선 아이들은 우리 엄마가 길러 줄 것. 그것이 그가 재혼을 하더라도 좋을 것 같다. 엄마가 힘드시겠지만 내 생각을 하면 정성껏 키워 주실 것이다. 첫째와 또 한 아이, 아이의 일이 가장 마음에 걸린다.

그리고 내 장례는 화장으로 하고, 묘는 만들 수 있는 가장 작은 것으로 만들 것. 제발 나의 죽음에 남은 자들의 허영이 끼어들지 않기를 빈다. 그리고 내 육신은 불에 타 한 번에 사라지고 싶다. 염습도 싫다. 모르는 사람들이 꿈쩍도 못 하는 내 몸을 다루는 게 싫고, 영혼이 떠난 육체를 아무에게도 보이고 싶지 않다. (줄임)

아무런 감상도 필요 없다. 나는 죽음의 뒤처리를 많이 봐 왔다. 제일 먼저 부딪히는 실무적인 면만을 적어 둔다. 어디까지나 만일을 위해서. 아무 말도 못 하고 죽은 뒤 남은 사람들을 당황케 하고 싶지 않아서이다. 내 심정을 잘 모르는 사람들은 이런 짓이 감상으로 여겨질 게다. 하긴 둘째 애 낳으면서 이런 걸 적는 게 우습기는 하지만 나로선 만일의 사태를 생각 안 할 수가 없다.

이렇게라도 적어 놓으니 우선은 마음이 놓인다.

이제는 아이를 이 세상으로 내보내는 일만이 남았다.

1985. 3. 11. 월

그만큼 죽음을 생각하고 살았는데 우습게도 이렇게 오래 살아남 았다. 장례에 대한 생각은 조금 변했다. 다른 건 다 같은데 묘를 원하지 않게 되었다. 어딘가에 뿌려지면 가장 좋겠지만 요즘은 뿌리는 일도 쉽지 않으니 그에 대해서는 아직 못 정했지만.

그렇다. 저 일기만을 읽는데도 바로 저 순간으로 돌아가기 때문에 이런 생각들이 금방 딸려 나온다. 불안에 젖은 그에게 말을 걸 수 있다면 말해 주고 싶어진다. '조금도 걱정하지 마. 너는 아이들이 중년이 될 때까지도 살아 있을 거야. 아이들은 잘 자라 줄 거고, 너도 험난한 많은 일을 겪지만 다 이겨 내고 살아남을 거야. 조금도 걱정하지 마.' 그러나 내 말은 들리지 않고, 나는 '과거의 나'를 먹먹한 마음으로 바라볼 뿐이다.

앞에서 썼듯이 이런 것이 회상과 현장감의 차이일까? 회상한다면, 저 때의 심정은 우스울 뿐이다. 나도 저 얘기를 친구들한테 들려줄 때는 깔깔거리며 말한다. 친구들도 들으며 깔깔 웃는다. 20대의 젊은 나이에 아이 낳다 혹시 죽을까 봐 유서를 썼다니, 그래놓고 이렇게 오래 살고 있다니 얼마나 우스운가! 회상이란 그렇다. 그러나 일기를 읽으면 그때로 돌아가기 때문에 당장 가슴이 먹먹해진다. 지금 내 눈에는 눈물이 맺혔다. 바로 저 순간으로 갔기 때문이다. 그때 진지하게 품고 있던 심정이 그대로 되살아나기 때문이다.

대학 1, 2학년 시절, 페미니즘에 눈뜨고, 사회변혁에 대해 뜻을 품기 시작했으며, 연애도 깊이 하던 시절의 일기이다.

성숙한 인간으로서, 자신에 대한 책임을 지닌 어른으로서 사랑한다는 것은 얼마나 멋진가. 나는 그것을 생각만 해도 설렌다.

소녀라는 건 물론 순수하고, 맹목적인 아름다운 요소를 지니고 있지만. 이제 그 말은 내게 아무런 매력도 없다. 단지 젖비린내 나고 유치할 따름이다. 소녀라는 건 우선 자기 감상이나 자기도취에 잘 빠진다. 판단력도 없이 맹목적이다. 사람을 사랑하는 것이 아니라, 사랑한다는 그 자체에 빠져 비극적이고 싶어 하고, 헌신적이고 싶어 한다.

내가 사랑이라 믿었던 것은 결국 그것에 불과했다. 한때 나도 그러한 요소에 말려들어 있었지만, 지금은 그러한 것들이 역겨움을 불러일으킬 따름이다. 어쨌든 기쁘다. 내 소녀 시절이 끝났다는 느낌.

나는 스무 살의 어른이다. 어른이란 말은 참 기분이 좋다. 무엇보다도 자신을 책임져야 한다는 말이 마음에 든다. 건강하고, 아름답고, 솔직한 사랑. 그런 사랑을 이제, 나는 해야 한다.

1979. 12. 25. 화

나는 확실히 잘못된 교육에 젖어 있다. 나는 누군가를 좋다고 여기면 평범해지려고 한다. 남자보다 못한 게 마음 편하다고 생각한다. 그래서 내 꿈을 하나씩 꺾어 버린다.

나미는 나를 똑바로 보았다. 언젠가 걔가 그런 걸 우려했는데 꼭 그대로다. 나는 사랑을 가장 소중한 걸로 여기고 있고, 그 사랑을 유지하기 위해서, 행복하기 위해서 다른 모든 걸 포기할 수 있다. 그래선 안 되는데. 중년의 어느 오후, 문득 장롱의 먼지를 떨다가 느끼게 될 적막할 정도의 공허감, 그럴 수는 없다.

나는 창조적인 삶을 누리고 싶었다. 무지 속에 살고 싶지도 않고, 남들의 인정도 받고 싶다. 모두 티끌 같은 것일지도 모른다. 잠시 생각할 여유를 누려야겠다. 내 장래 문제, 결혼 문제, 사랑 문제…… 모두 중요하다. 내가 굳게 믿어 왔던 것들이 항상 스러진다. 어쩌면 나는 글도 안 쓰게 될지 모른다. 두렵다. (줄임)

오늘 여태 쓴 일기들을 대충 읽어 보니, 거지반이 사랑이니 감상적이고 안일한 얘기들뿐이었다. 생각하고 살자. 그 생각을 일기에 옮기자. 나는 인간이 되는 공부를, 쉬지 말고 해야 한다.

80년, 내가 성년이 되는 해. 뚜렷하게 지나가는 해이기를.

1979. 12. 31. 월

문학에 대한 개념도 이즈음 많이 바뀌는 중이다. 아직 사회참여의 문학만이 진정한 문학이라고 외칠 자신은 없지만, 그쪽으로 많이 쏠린다. 확 그쪽으로 기울지 못하는 건 어떤 교훈을 담고자 했던 중학교 때의 유치한 운문 쪼가리들의 기억 때문이다. 이 점에 대해선 아직 많은 생각이 필요하다.

1980. 3. 2. 일

이상한 일이다. 어떻게 해서 나는 내가 해야 할 일에 대해서 조금도 두려움을 느껴 보지 못했던 것일까? 실감을 못 해서일까? 아직, 그 길이 정해져 있지 않기 때문인가? 그런데 이 밤에 갑자기 두려움을 느끼는 이유는? 나는 너무나 무섭다. 내가 걸어가야 할 길이 너무나 험하고, 고달픈 길인 것 같다. (줄임)

이미 마음은 정해진 것 같다. 단지 흔들리지 않을 지주가 될 이념을 찾고 있을 뿐이다. 그 어려운 길옆에, 안락하고 따스한 길이 또 한 가닥 있다. 내가 전부터 꿈꾸며 오던 길. 내가 결정하면 나를 받아 줄 길.

그 길은 호화롭진 않아도 포근하고 아름다운 길일 것이다. 또 내가 잘 꾸려 나갈 수 있는 길, 내 재능이 소화할 수 있는 일일 것이다. 그런데 또 한 길은 험난하고, 괴로우며 내 능력 이상의 부담을 주는 길이다. (줄임)

이 결정이 내 인생의 길을 바꿀 것이다. 다른 사람들은 혈기로, 혹은 논리로서 길을 정하고, 다른 유혹에는 냉담한지 모른다. 그런데 나는 이렇게 젊은데도 불구하고, 따스한 또 하나의 길에 견딜 수 없는 매력을 느낀다. 나는 평범 이상을 넘지 못하는 것일까? (줄임)

그러나 나는 나의 강한 면을 안다. 알기 때문에 내가 마음먹으면 그 길을 뒤떨어지지 않고 걸어갈 수 있을 것을 안다. 그렇기 때문에 결정이 어렵다. 결정하면 해낼 것이기 때문에 그 결정이 두렵다. (줄임)

아…… 모든 것이 내게 너무 크게 느껴진다. 나는 과연 어떻게 될까…….

1980. 7. 18. 금

《제2의 성》은 나를 너무나 매혹시켜서 나는 아무것도 할 수가 없었다. 그 책은 바로 내 자신을 그려 주고 있었다. 마치 누군가가 내 흉을 보는 것을, 몰래 엿보는 기분으로 그 책을 읽어 냈다. 여태 모르고 있던 사실. 모르는 채로 다른 구실로 위장한 채 행한 태도들이 그 책 속에 적나라하게 파헤쳐져 있었다. 많이 생각해 본 문제들이므로 충격적이지는 않았지만, 답답했던 문제들을 시원스럽게 해결해 준 경우가 많았다.

공감, 거의 완전에 가까운 공감이었다. 여성이 동등한 인간으로 대접받고, 그 자신이 그렇게 되는 것은 진실로 힘든 일이다. 어느 세월에나 우리들은 남성들과 그러한 아름다운 관계를 누릴 수가 있을까.

1980. 10. 12. 일

응석이라는 건 여성이 빠지기 쉬운 가장 큰 함정이다. 남자들에 의한 사랑—사랑인지, 뭔지는 잘 모르지만—에 의해서 얼마나 약해질 수 있는 것인지 모른다. 혼자 서는 능력을 가진 걸 잊어버리고, 기대는 버릇만을 가지게 된다.

1981. 5. 19. 화

나는 결국 문학을 할 것이다. 아니, 꼭 그래야만 한다. 내 생활 터전이 어디이든 나는 그것을 날카로운 눈으로 찌르고, 후벼서 글로 짜내야 한다. 좀 전에 고등학교 때 작문 노트를 읽으며 느꼈던 쾌감. 내 글은 늘 나중에 읽어 보면 그럴듯하다. 나는 글재주가 확실히 있는 것 같다. 남이 누리지 못한 행운. 나는 이것을 끌어내어 닦아야만 할 것이다 중학교 때, 내 글재주와 문학을 하기 위해 필수 요소인 날카로운 눈과 민감한 감수성은 그 누구보다 뛰어났다. 그러나 지금은 내 또래의 사람들에 비해 볼 때 절대로 우수한 것이 아니다. 허나 한 가지 희망적인 요소는 내 속에서 부글부글 끓고 있는 창작에의 욕망이다.

나는 그가 없어도 살 수 있지만 펜과 종이와 책이 없이는 살 수 없다.

1981. 6. 10. 수

한창 연애에 몰두하던 때에도 '펜과 종이와 책이 없이는 살 수 없

다'고 비장하게 외치는 '과거의 나'를 본다.

그러나 '지금의 나'는 그 뒤의 긴 세월을 알고 있다. 비장했던 그가 머지않아 '이런 시대에 문학은 사치'라며 펜을 꺾으리라는 것을. 여대생의 몸으로 결혼을 하고, 아이도 낳고, 대한민국에서 결혼이 뜻하는 모든 것들을 겪게 되리란 것을. 불의에 대항하고, 세상을 개혁하려고 펜까지 꺾었던 80년대의 여대생은 '82년생 김지영'이 아니라 '82년생 딸'을 가진 엄마가 될 것이며, 어쩔 수 없이 꼼짝 못한 채 괴로워하리란 것을.

그러다 결국은 견디지 못하고 다시 민주화 운동의 길에 머릿수라도 보태리라는 것을. 내가 그렇게 하지 않으면 내 아이들이 커서 그일을 해야 할 거라는 생각이 그를 몰아붙이리라는 것을. 그의 역할은 미미할 것이며, 그저 양심만 달랠 뿐 민주화에 실제적인 도움도 별로 주지 못할 테지만 그처럼 미미한 역할들이 모여 결국은 역사의 큰 흐름을 만들어 내리라는 것을.

그 뒤로도 숱한 일들을 겪지만 결국은 꺾었던 펜을 다시 들고 글 쓰는 사람이 되리라는 것을.

그런 모든 것을 아는 채로 '과거의 나'를 바라보는 재미, 그것을 나는 감히 '조물주의 심정으로 일기를 읽는 맛'이라고 말하고 싶다.

이렇게 나는 조물주의 심정이 되어 오늘도 일기를 읽는다.

'일생'이라는
커다란 조각 그림
맞추기

오랜 시간 쓴 일기를 읽다 보면 문득 이런 생각이 들 때가 있다. 사람은 태어날 때 '나의 인생'이라는 보이지 않는 투명 퍼즐 상자를 가지고 태어나는 것은 아닐까? 1000조각, 2000조각들로 나뉜 퍼즐 조각들은 상자 뚜껑에 그려진 그림이 없다면 무슨 그림인지 알기 어렵다. 상자 뚜껑에 완성된 그림을 보면서 하나씩 맞추어 가는 게 퍼즐 놀이다. 상자를 엎어 놓으면 조각조각 나뉜 퍼즐들만 어지럽게 보일 뿐이다. 그렇다면 사람들 대부분은 자신이 받은 투명 퍼즐 한 상자를 뒤죽박죽 그대로 들고 있다 떠나는 게 아닐까?

그 퍼즐 한 조각이 우리 인생의 한 순간이라면, 그 조각들이 모여 이루는 게 인생이라면, 조금은 맞춰 보고도 싶을 텐데 투명한 그것은 보이지 않으니 아무도 신경 쓰지 않는다. 우리는 '나의 인생 그림'

이 어떤 것인지 전혀 모른 채, 아니, 알고 싶어 하지도 않으면서 살다 간다. 그런데 오랜 세월 동안 쓴 일기를 읽다 보면 그 그림이 어렴풋하게 보이기 시작한다. 보이지 않는 그 퍼즐 조각을 일기를 쓰면서 보이게 맞춘 것이다. 내 인생이 어떤 그림인지 적어도 일기를 쓴 부분은 퍼즐을 맞춘 셈이 된다. 그 퍼즐 조각들이 대단한 것은 아니다. 언제나 삶이 먼저이다. 일기장에 적히는 얘기들은 굵직한 삶의 줄기에서 부스러져 떨어지는 가루 같은 것들, 지극히 사소한 것들이 대부분이다. 그래도 그것들은 모여서 이야기를 이룬다. 그것은 작은 조각들로 나뉘어 있는 모자이크 그림을 완성해 가는 기쁨이다.

한 발자국, 한 발자국 딛다 보면 또 한쪽의 모자이크가 완성되겠지.
2004. 1. 23. 금

가 보자. 하나하나의 순간들이 내 삶의 조각들, 행복하다.
2021. 9. 27. 월

퍼즐 조각들을 열심히 맞추어서 자신의 인생 그림을 조금 알게 된다 해서 특별히 좋을 건 없다. 돈이 생기지도 않고, 명예가 생기지도 않는다. 태어나면서 받았던 뒤죽박죽인 퍼즐 한 상자를 받은 그대로 들고 떠난들 어떠랴. 그것은 또 그것대로 무심한 듯 멋져 보인다. 그러나 나는 내 인생의 퍼즐 조각들이 이루는 그림을 조금이라도 알고 가는 인생이 더 마음에 든다. 엉망진창 엎어 놓은 퍼즐들을 그대로 다시 들고 떠나는 삶보다는, 그것을 조금이라도 맞춰 보고 '아, 내 인생은 이런 그림이었구나!' 하고 알고 가는 삶을 더 좋아한다. 나는 호기심이 많은 사람이니 호기심이 조금이라도 채워지는 쪽을 더 만족스러워할 뿐이다. 그것이 전부다. 나처럼 생각하는 사람이 있다면 일기 쓰기의 좋은 점이 하나 더 생긴다고 볼 수 있겠다.

고맙게도 열세 살의 내가 그것을 할 수 있게 해 주었다. 만약 나와 같은 취향의 인류라면, 그리고 지금 나이가 그 나이에 조금이라도 가깝다면(가깝다는 건 생각하기 나름이니 알아서들 계산하시라!) 당장이라도 일기 쓰기를 시작하기 바란다. 나와 취향이 같지만 그 나이와 터무니없이 먼 나이라면(내 나이쯤이면 솔직히 열세 살에서 조금 멀다!) 부디 오래 사시라. 그러면 이제부터 쓰더라도 제법 긴 시간의 일기를 쓸 수 있을 테니까. 그러면 언젠가 '일기를 쓰기 시작한 과거의 나'에게 뜨거운 감사를 보낼 날이 올지도 모른다. 그 '과거의 나'가 몇 살이든!

이렇게 나는 일기를 쓰면서 '나의 인생'이라는 퍼즐을 맞춰 나간다.

일기,
보태는 이야기

나를 살아 있게
해 주는 존재

우리는 가끔 '사는 것 같다'는 말을 한다. 죽지 않았으면 사는 건데도, 우리는 숨 쉬고 먹고 자고 일상을 살아가는 것을 거의 '죽음'처럼 여기나 보다. 그래서 어떤 순간, 가슴이 뛰거나 행복하거나, 혹은 불행하더라도 그 느낌이 강렬할 때처럼 뭐라고 정의 내릴 수 없는 어떤 순간에 '사는 것 같다'는 말을 한다. 언제 그런 느낌이 드는지는 사람마다 다르겠지만 지금 떠오르는 대로 적어 보아도, 가족들과 함께할 때, 사랑에 빠질 때, 글을 쓸 때, 책을 읽을 때, 나는 살아 있다고 느낀다. 일기를 쓸 때도 그런 기분을 진하게 느끼는데 써 놓은 일기를 읽다 보면 일기로 남긴 날만 살았다는 생각까지 들기도 한다.

드디어 일기를 따라잡았다. 새해 들어 첫 춘천행. 해가 바뀌어도 지난해

점검조차 않고, 그러고도 아무렇지도 않아서, 드디어 나도 모범생 타입을 벗어나나 보다 했지만, 여기 와서 지난해의 일기를 읽어 보니, 역시 써 놓는 게 좋고, 안 써진 부분이 아쉽다. 기록된 곳만 내 삶으로 남아 있는 듯한 느낌이다. (줄임)

장사를 시작한 뒤론 거의 기록을 할 수가 없었다. 시간도, 몸도, 마음도 따라 주지를 않았다.

2000. 2. 6. 일

앞에서 나는 일기를 쓰지 못한 날은 날짜만 쓰고 빈칸으로 남겨 두었다고, 그래도 그 시간이 다 읽힌다고 했는데, 그럼에도 그런 날들은 뭐랄까, 저장되지 않고 날아가 버린 기분이 들고, 일기를 쓴 날만 '진짜로' 살았다는 느낌이 드는 것이다. 일기는 컴퓨터의 '저장' 단추를 눌러 저장한 삶이고, 나머지 삶은 '저장' 단추를 누르지 않아 기억은 있지만 사라진 것 같달까? 저장된 삶만이 삶은 아닐 텐데도 일기장이 텅 빈 날들은 내 삶에서 도려진 날처럼 여겨진다.

일기장을 대할 때 난 살아 있다는 느낌을 가장 크게 느낀다.

1983. 11. 11. 금

전혜린의 얘기를 하다가 장황해졌다. 그녀는 어쨌든 내게는 홍역 끝에 맛보는 차가운, 신선한 바람 같은 존재가 된 셈이다. 지금의 내게는.

그녀의 불타는 지식욕, 끈질긴 노력은 내게 설렐 정도의 자극을 주었다. 고여 썩어 가는 연못에 수로가 트여 흐르게 되는 기분이다. 고교 때 퀴리

부인에게 경도되었던 때의 그 설레임 같다. 여태 지나온 아까운 시간들이 가슴 아프다. 그러나 아직 스물셋, 늦지 않았다. 내게는 갈고 닦으면 꽤 쓸 만한 재능이 있다. 나는 내 자신을 믿는다. (줄임)

생生은 그녀의 말대로 일회적이고, 내 생은 더구나 짧을지도 모른다. 평탄하게 살 수 없을 내 생을 보다 능률 있게 보내기 위한 공부와 내 생을 의미 있게 남길 수 있는 글 쓰는 작업, 그를 위해 부단히 애쓰자. (줄임)

내 정수리에 따끈한 침 한 대를 놓아 준 그녀에게 감사를 느낀다. 오랜만에 쓰는 긴 일기, 오랜만에 느끼는 사는 것 같은 기분.

1982. 11. 21. 일

곧 나가야 한다. 너무도 오랫동안 일기를 못 썼고, 또 못 쓰고도 아무렇지도 않게 살아와서 이렇게 중간 체크처럼, 살아 있다는 신호처럼, 몇 줄이라도 적고 싶었다.

2000. 6. 4. 일

몹시 졸려 자려다가 일기라도 몇 줄 쓰니 살 것 같다.

얼마 만인가, 제날짜에 일기라도 쓰는 게!

2010. 7. 19. 월

일기를 쓴다는 것, 그런 시간을 갖는다는 것, 그런 행위를 한다는 것은 한마디로 나 자신과 오롯이 만나는 일이다. 그럴 때에만 우리는 살아 있다 할 수 있지 않을까? 물론 그 일을 일기 쓰기로만 할 수 있는 건 아니지만 일기를 쓸 때면 나 자신과 오롯이 만나기가 다른 일을 할 때보다 쉽다. 껍데기로 휩쓸려 지내다가 중심을 자기에게 놓고 무엇이라도 끼적거리는 그 순간은 진정으로 살아 있는 시간이었다. 어쩌면 그 힘으로 인생을 버텨 왔는지도 모르겠다. 사람은 하루 한 시간이라도 진정으로 살아 있는 순간을 누릴 수 있다면 남은 스물세 시간의 무의미함을 견딜 수 있는 존재이니까.

이렇게 나는 일기를 쓰며 진정으로 살아 있었다.

잠옷처럼 편하고
종이처럼 참을성 많은 친구

일기와 친구는 매우 비슷하다. 속마음을 열어 놓고 진실하게 사귀는 친구라면 누가 시키지 않아도 그 관계는 오래 이어진다. 무엇과도 바꿀 수 없는 귀한 기쁨이 그 속에 있기 때문이다. 날마다 얼굴을 맞대고 같이 밥 먹고, 술 마시고 노는 친구여도 겉으로만 만나는 형식적인 사이라면 그 관계는 안 보는 그날부터 끝나고 만다. 일기도 그렇다. 멋있게 쓰고, 날마다 꼬박꼬박 쓰고, 반성만 죽도록 하고, 줄줄이 길게 쓴다고 해서 진정한 일기가 되지는 않는다. 남을 의식하고 쓰는 일기는 직장 동료나 학교 친구는 될 수 있어도 '마음의 친구'는 될 수 없다. 그런 일기는 쉽게 싫증이 나고, 한 번 멀어지면 그대로 멀어진다. 그것이 마음에, 영혼에 변화를 주지 않기 때문이다. 글씨도 엉망이고, 어쩌다 한 번만 쓰고, 반성도 없이 불만과 짜증만 쏟아 놓고, 겨우 몇 줄만 끼

적거려 놓더라도 '진실한' 일기라면 그 일기는 생명력을 갖는다. 자주 만나지 못해도 언제나 마음의 기둥이 되는 진짜 친구처럼.

　진실은 형식을 필요로 하지 않는다. 일기는 자기가 편하게 써야 한다. 정장을 갖춰 입지 않으면 만날 수 없는 사람 앞에서 속마음을 털어놓기는 어렵다. 잠옷 바람으로 만나도 편안하고, 엉망진창인 방으로 불러도 거리낌 없는 그런 친구처럼 일기를 대하는 게 좋다. 말끝마다, '그건 네가 틀렸어. 입장을 바꿔 봐' 하는 식으로 구구절절 옳은 말만 하는 친구 앞에선 할 얘기가 쑥 들어가지 않나? 반대로 무슨 말을 하든 건성으로 '그럼, 그럼. 네가 옳아' 하는 사람 앞에선 뭘 털어놓을 맛이 사라지지 않던가. 일기장 앞에선 착한 척 가면을 써도 안 되고, 자존심 때문에 거짓 감정을 적어도 안 된다. 미운 사람 마음껏 미워하고 그리운 사람 마음껏 그리워하고, 속이 상할 때면 하고 싶은 욕을 다 쏟아 놓자. 일기장이란 친구는 조용히 그 말을 다 들어준다. 나중에 그 친구에게 쏟아 놓은 감정을 다시 읽다 보면 그 감정은 저절로 제자리를 찾게 된다.

　이런 마음이 적힌 부분들도 보인다.

새 일기장에 일기를 쓰게 되어 기분이 좋다.
비록 내 일기는 문학적이지도 않고, 성의도 없이 아무렇게나 써 온 글이지만, 바로 그런 이유로 내 삶에서는 가장 중요한 친구 중의 하나가 되었다.
2004. 12. 13. 월

초안이라도 끝내서 갖는 이 여유도 너무 좋고……

시시껄렁한 하소연을 쏟아놓을 수 있는 일기장과 그런 짓을 할 수 있는
나라는 인간도 맘에 들고…….

2003. 9. 15. 월

말없이, 그러나 조금도 싫어하지 않고 들어만 주는 친구인 일기
장. 안네는 일찍이 이렇게 말했다. '종이는 인내심이 강하다.' 정말 그
렇지 않은가? 이런 참을성 많고 조용한 친구에게마저 착한 척, 도덕
군자인 척한다면 그 사람은 어디서도 구원받을 길이 없다. 이 속 깊은
친구 앞에서 나는 늘 하소연을 하며 산다.

밤에 자리에 누우니 눈물이 터졌다. 내가 왜 여기서 이러고 있어야 하나
하는 회한, 어리석은 내 모습, 그런 것들이 모두 겹쳐 짜증이 났다. 내가
싫었다. 그리고 다시는 그런 자리에서 어릿광대 노릇을 하기 싫었다.

2003. 9. 6. 토

나는 도대체 몇 개의 탈을 가지고 있는가. 나를 아는 모든 사람들이 모두
들 내게 대해 다른 탈을 갖고 있는 것만 같다. 그들이 갖고 있는 각각의
다른 탈을 볼 때마다 나는 퍼뜩 놀라곤 한다. 내게 별다른 의도가 없었는
데도, 어쩌면 그렇게도 다른 탈들을 지니게 되었을까. 나는 마치 자신이
이중인격자라도 된 듯한 두려움을 느낀다.

1980. 1. 23. 수

일기는 또한 나 혼자 소유하는 친구다. 일기에게는 다른 친구가

없다. 일기는 늘 나만을 기다리고 있다. 부모도 없고, 남편도 없고, 아이도 없다. 잠도 자지 않고, 밥도 먹지 않는다. 그러니 밤늦게 그를 찾는다 해도, 식사 시간에 그를 펼친다 해도 폐를 끼칠까 신경 쓰지 않아도 된다. 마음 맞는 친구와는 어제 본 드라마도 화제가 되고, 비가 와서 마음이 뒤숭숭한 것도 떠들고 싶은 얘기가 된다. 어디든 들고 다니면서 아무 데서나 아무 때나 수다를 떨어도 좋은 친구, 일기를 그런 친구처럼 대하면 된다. 내게 일기는 그런 친구다. 지하철을 타고 가면서도 쓰고, 새벽이나 대낮에 쓰기도 하고, 일기장을 안 들고 나왔으면 광고지 뒷장이든, 읽고 있던 책 여백이든 아무 데나 써 놓았다가 옮겨 적거나 오려 붙이기도 한다.

내가 버릴 수는 있어도, 절대로 나를 배반할 수는 없는 믿음직한 친구, 일기. 이런 친구가 하나 있다면 이 세상이 온통 나한테서 등을 돌려도 절망하지 않을 수 있다. 운명이 등을 떠밀어도 마지막 밧줄처럼 나를 붙잡아 주는 친구, 제대로 사귄다면 일기는 우리들 마음의 병도 치료해 줄 수 있다.

이런 마음을 고백한 날도 있었다.

일기를 쓰는 습관을 가진 게 내게는 얼마나 다행인가. 일기장이 없었다면 나는 속으로 쌓다 쌓다 지쳐 미쳐 버렸을 것이다. 고마운 일기장.
1988. 5. 19. 목

이렇게 나는 일기장이란 속 깊은 친구를 누리며 살아왔다.

족집게
점쟁이?

일기를 읽는 재미에 대해서 또 하고 싶은 얘기가 있다. 그건 내가 일기장을 가지고 노는 일종의 장난인데 이름하여 '일기장 점'이다. 보통 나는 아무 일기장이나 손에 집히는 대로 집어서 읽는 걸 좋아하는데, 신기하게도 그럴 때면 지금 하는 고민과 연관된 일기장이 집히는 경우가 제법 있다. 나의 인생이니 어느 부분을 펼쳐도 다 연관이 있어서일까? 아니면 내 무의식이 어느 일기장에 해답이 있다는 것을 기억하고 저절로 손이 가게 하는 걸까? 어떤 때는 점이라도 치는 기분으로 아예 눈을 감고 더듬어 일기장을 뽑아 읽기도 한다. 그런가 하면 오랜만에 온 친구 전화를 받고 일기장을 펼쳤는데 오래전 그 친구와 나눈 추억이 나오기도 하고, 아이 때문에 속상해서 일기장을 펼쳤는데 아이가 어릴 때 행복했던 일이 나와 마음이 누그러지기도 한다. 단편집 준비하러 작업실에 갔을 때, 아무렇게나 뽑아 간 일기가 온통 장편소설 쓸 때 쓴 일기인 경우도 있었다. 나는 그때 얼른 단편집을 끝내고 장편소설을 쓰고 싶은 마음으로 가득했는데, 그런 마음이 그대로 적힌 일기장을 펼칠 때의 놀라움과 반가움이라니!

> 옛날 일기장 2권 읽었는데, 서른일곱, 여덟 부근과 서른여섯, 어쩌면 신기하게도 무작위로 집어든 일기들이 전부 다 장편 쓸 때의 일기였다. '모자이크'와《그 어두운 날 저녁에》(이 장편은 나중에 '저녁의 편도나무'로 제목이 바뀌었다), 그때는 안 보이던 것들이 이제는 잘 보이는 게 신기하기만 하다. 그리고 이 일기들을 읽고 있자니 장편이 너무나 그립다. '그 어두운 날'을 이제 어둠 속에서 얼른 꺼내 주고만 싶다. 얼른 단편집 끝내고 그 일을 하고 싶다.
> 2005. 9. 29. 목

이럴 때면 정말 신기한 기분이 들고 일기라는 존재가 신비롭게 여겨진다. 비슷한 얘기가 6년 뒤에도 또 나온다.

> 어제 옛날 일기를 좀 읽었는데 (줄임) 2006년 혼자 처음으로 배 타고 일본 갈 때, 앞으로는 장편만 쓴다는 결심을 한 걸 보고 놀랐다. 내가 막 그런 생각을 하고 있을 때, 우연히 그 일기를 보게 되어서.
> 나는 비행기가 활주로를 달리다 이륙하듯이, 글을 써 나가다 도약하는 순간의 환희에 중독되어 있다. 그런데 단편에서는 그러기가 쉽지 않다. 〈폭설〉이나 〈모독〉처럼 자체적으로 훌쩍, 제자리에서 뛰어올라 써진 작

품도 있었지만 대부분 단편을 아무런 설계도 없이 덤비기는 정말 어렵다. 그런데 나는 그 설계도 짜는 게 정말 싫은 것이다. 그렇게 쓰는 건 내게 재미가 하나도 없다. 나는 무엇이 나올지 모르는 채 내가 나를 따라가는 작업이 좋다. 그렇게만 써지기도 하고. 그러니 나는 단편이 체질상 맞지 않는 것이다. 내 능력의 한계이니 더 이상 욕심부리지 말자. 어쩌다 저절로 우러나오는 것은 받아 적더라도.

2011. 8. 16. 화

어디까지나 재미로 하는 장난이지만 이 또한 일기를 나의 애독서로 끌어당기는 큰 매력 가운데 하나이다. 오늘(2022년 7월 26일)도 차례대로 읽어 오던 일기장을 펼치니 16년 전 오늘 날짜가 나오는데, 내 첫 소설책이 나온 날이었다. 동화나 청소년 소설은 그전에도 책이 나왔지만 다른 필명으로 쓰는 일반 소설책으로는 처음 책이 나온 날이었다. 아, 7월 26일에 첫 소설책이 나왔구나, 새삼 추억에 젖어 본다.

내 첫 소설책《저녁은 어떻게 오는가》가 마침내 나왔다.
보랏빛의 표지가 참 아름답다. 좀 허탈하기도 하고 쓸쓸하기도 하지만 어쨌든 책이 나와서 감사할 뿐.

2006. 7. 26. 수

그런가 하면 오늘(2022년 11월 7일)은 이 글을 다 쓴 뒤에 다듬고 있는데 이 부분을 읽으면서 또 장난을 쳐 보고 싶어 아무 일기장이나 집어 펼쳐 보았더니 이런 대목이 나온다. 청소년 소설집《그 녀석 덕분에》를 쓸 때 일기인데 마침 본 영화는 〈나의 즐거운 일기〉였다.

> 당일 일기를 쓰는 것도 오랜만인데, 오늘은 두 번이나 쓴다.
>
> 〈나의 즐거운 일기〉는 참 좋았다. 역시 난니 모레티, 저항 세력이었다가 속물이 되었다며 탄식하는 이태리 영화를 극장에서 홀로 보면서 투덜거리는 그가 참 귀여웠다. '왜 우리야? 당신들이나 그렇지' 운운하며 나와서는 이렇게 말한다. '너희들은 구호나 외치다 속물이 되었는지 모르지만 나는 정의를 외치다 빛나는 40대가 되었다', 그 말이 참 좋았다. 일기를 쓰며, 처음엔 집 구경, 두 번째는 섬 돌기, 세 번째는 림프종 암인 줄 모르고 가려움증에 대해 온갖 의사한테 다니며 겪은 해프닝을 다루는데 재미있었다. (줄임)
>
> 잘 써질 것이다. 나는 집중만 하면 아주 큰 힘을 발휘할 수 있다. (줄임) 내가 다다른 의식과 성장을 다 쏟아부어 써내자. (줄임) 이 책의 원고를 잘 완성해 내면, 나는 진실로 가장 커다란 올해의 엑스터시를 맛보리라.
>
> (줄임)
>
> 이걸 해내고 기쁨에 젖은 자신을 생각하자. 올해의 마무리는 이렇게 충만하고, 새해의 시작은 또 소설 집필로 그토록 황홀하리라.
>
> 2011. 1. 17. 월

핵심 단어들만 뽑아도 '일기', '원고 완성'이다. 지금의 나를 드러내는 말들이고, '이걸 해내고 기쁨에 젖은 자신'을 나도 생각하고 있다. 몇 가지 예만 들었지만 이런 식이니 나 같은 사람이 딱 빠져들 장난이다. 다른 사람들 눈에는 별로 관련이 없어 보일지도 모르지만 내게는 어마어마하게 관련 있어 보이고, 놀랍고 신기하다. 내 별명 가운데 하나는 '갖다 붙이기 여왕'이다. 뭐든 연관시켜 의미를 만드는 버릇이 있어서 생긴 별명인데, 이런 버릇이 있으니 사실 우연히 펼쳐진 일기장에 어떤 대목이 나오든 얼마든지 '어마어마한 관련과 의미'를 만들어 낼 수 있다. 뭐, 나 혼자 재미있게 노는 놀이니까 문제는 없다. 누구든 한번 이 놀이를 해 보면 알 수 없는 그 매력에 나처럼 흠뻑 빠져들지도 모른다. 이 뻔한 인생에 재미있는 건 하나라도 더 찾아 해 보는 게 인생을 대하는 좋은 태도가 아닐는지.

이렇게 나는 일기장으로 점도 치며 논다.

기억의 왜곡,
일기의 왜곡

이사벨 아옌데 작가의 《영혼의 집》을 보면 주인공의 할머니인 클라라(영화에선 어머니로 나온다)가 '기억을 믿을 수 없었기에 일기를 썼다'고 말한다. 나는 이 말에 깊이 공감한다. 오래전 일기를 읽어 보면 기억이란 게 얼마나 믿을 게 못 되는지 잘 알 수 있다. 기억은 분실되기 일쑤인데다 왜곡의 천재이다.

이번에 1권부터 일기를 쭉 읽어 가며 몹시 놀랐던 기억의 왜곡은 내가 자살 시도를 했던 나이였다. 10대 때 죽어야겠다고 생각하고 약을 먹은 적이 있었다. 그런데 약 이름을 착각해서, 고생은 했지만 말짱하게 살아난, 웃지 못할 사건이었다. 나는 그때를 중학교 마치고 고등학교 입학을 앞둔 해 2월이었다고 철석같이 믿고 있었다. 지난 몇십 년 동안 그때 일기를 읽은 적이 없어서 그 기억은 수정되지 않았다. 심지어 나는, 그때 내 나이에 맞춰 열일곱 알을 먹은 것까지 선명하게 기억했다. 그런데 이번에 그 시절 일기를 읽는데 아무리 찾아도 그 기록이 없었다. 그렇게 큰일을 적지 않았나 이상하게 생각하고 읽어 나갔는데 알고 보니 그 일은 몇 년 뒤 고등학교 2학년에서 3학년으로 올라가는 2월에 이루어진 일이었다. 사실 지금도 납득이 안 된다. 그렇게 큰 사건도 착각할 수 있을까? 그럼 나는 열일곱 알이 아니라 열아홉 알을 먹었나? 나는 이 일화를 토대로 소설도 썼는데 어떻게 그런 것까지 잘못 기억할 수 있을까?

그날 일기에는 큰 글씨로 이렇게만 적혀 있다.

1978년 2월 27일
희극적인 두 번째의
자살 기도!

아마 며칠 뒤에 썼을 것이다. 두 번째라고 한 건 별것 아니다. 다섯 살 때, 엄마한테 억울하게 야단을 맞고 죽어야겠다고 마음먹은 적이 있었다. 그때 내가 아는 죽는 방법은 굶어 죽는 것뿐이어서 배 아프다고 거짓말을 하면서 하루를 꼬박 굶었다. 그러나 밤이 되어도 당연히 죽지 않았고, 너무 배가 고파 뱃속에서 요란한 소리만 났다. 결국 나는 배고픔에 무릎 꿇고 말았다. 쿨쿨 자는 엄마를 밥 달라고 깨워서 잔소리를 뒤집어쓰며 밥을 먹고 말았다는 그야말로 희극적인 첫 번째 자살 기도였는데, 두 번째 자살 기도도 그에 못지않게 희극적으로 끝났기에 저렇게 적었다. 결과로만 보면 둘 다 웃기는 코미디가 되었지만 다섯 살 때든, 열아홉 살 때든 나는 진지했다. 하긴 진지하면 진지할수록 더 희극적인 법이지만.

이번에 일기를 읽으면서 더욱 놀란 건 자살 시도를 하기 이틀 앞 일기가 매우 평범했다는 사실이다. 지나서 쓴 것도 아니고, 그날 쓴 일기였는데 고등학교 3학년을 맞는 각오를 적고 있을 뿐이었다. 어디에도 죽음을 준비하는 모습은 보이지 않았다. 내 기억으로는 며칠 동안 고민하고 괴로워했던 것 같은데 실제로는 불과 이틀 사이에 충동적으로 저지른 일이었나 보다.

이 일을 겪고 가장 크게 느낀 점은 '내가 나한테 속았다'는 점이었다. 나는 죽어야 한다고 생각했고, 진심으로 죽고 싶어 한다고 생각했다. 그러나 약을 착각해 죽지 못하고 응급실에서 고통스런 위세척을 끝내고 멀쩡해졌을 때 내가 느낀 첫 감정은 살아났다는 기쁨이었다. 죽고 싶었던 건 진심이 아니었다. 내가 나한테 속았다는 깨달음은 충격이었다. 그러면서 불쑥 큰 것만 같았다. 그런데 그런 '거사'에 걸린 시간이 이틀밖에 되지 않았다니!

이것은 이번에 일기를 읽으면서 새로이 받은 충격이었다. 나는 중고생들을 만난 자리에서 이 경험을 얘기하면서, 인간은 자신을 속일 수 있는 능력을 가진 동물이고, 청소년기에는 호르몬 때문에라도 더 잘 속게 되니 적어도 속아서 죽지는 말자고, 그런 충동이 들어도 최소한 서른까지는 살아 본 뒤에 다시 생각하라고 말해 왔다. 그런데 일기를 읽어 보니 불과 이틀 사이에 자기 자신에게 속아서 죽으려고 했다. 이 정도로 짧은 기간에 그렇게 충동적으로 행동했을 줄은 정말 몰랐다.

자살 시도 이틀 전 일기이다.

묘한 계절이다. 이름하여 늦겨울. 봄도 아니고, 겨울도 아닌 지겨운 계절.
이상하게도 나는 고의적으로 시간을 흘리고 있다. 안타깝지도, 초조하지
도 않다. 그렇게 해야 할 일이 많았던 봄방학을…… 내일부터? 또? (줄임)
3학년도 눈 깜빡할 새에 지나가 버릴 것이다. 이제야 두려운 생각이 든
다. 결코 길지 않은 시간을 나는 잘 요리해 낼 것인가. (줄임)
요즘 나는 너무도 생각 없이 지낸다. 될 대로 되라는 식이다. 시도 써지
지 않고, 나의 모든 재능에 회의적이다. (줄임)
내일부터는 새롭게 살자. 가다듬고 가꾸는 생활을. 누군가의 말대로 매
일매일을 착하고 성실하게 보내야겠다.
1978. 2. 25. 토

행복해 보이지는 않지만 죽을 생각을 하는 사람의 기록으론 안
보인다. 그러니 저 자살 시도는 내 기억과는 다른 급속한 시도였다.
정말로 충동적이었구나, 하는 생각도 들지만 어쩌면 자살 시도라는
건 대부분 그런 것이 아닐까 하는 생각도 든다. 그런 예는 정말 많았
다. 그러니 홍상수 감독의 영화 〈오! 수정〉이나 아쿠타가와 류노스케
의 소설 〈덤불 속〉처럼 같은 일을 각각 다르게 기억하는 영화나 소설
이 만들어지는 것이다. 기억은 정말 믿을 수 없다. 기억은 왜곡의 천
재이고, 왜곡의 상습범이다.
　그러나 '기억을 믿을 수 없어 일기를 쓴다'고 생각하면 또 다른
소설 한 편이 딸려 온다. 제목은 잊었는데, 그 책에는 나처럼 일기를

쓰는 남자가 나온다. 육체노동을 하지만 나약한 문학청년 같은 남자였는데, 그가 일기 쓰는 것을 보며, 다른 동료들이 비난을 퍼붓는다. 네가 써 놓은 글자 몇 줄로 훗날 우리에게 과거의 사실이라며 들이댈 거냐고.

그 글을 읽었을 때 나는 둔중한 충격을 받았다. 나야말로 일기를 읽다가 식구들이나 친구들에게 과거 사실들을 말해 주는 일이 자주 있기 때문에 더욱 그랬다. 7년 전 오늘 우리가 어디에 놀러 갔어, 10년 전 어느 날 너한테 무슨 일이 있었네, 같은 일들을. 물론 나는 재미있으라고 기억을 일깨워 주는 것이라 경우가 다르겠지만 어떤 면에서 그 동료들의 말도 옳다고 생각했기 때문이다. 기록은 기억보다 사실의 증거가 될 수 있지만 그 또한 쓰는 자의 거름망에 의해 걸러지거나 왜곡되는 것이니 오히려 '사실'이란 이름의 폭력이 될 수도 있지 않겠는가.

오랜 시간 쓴 내 일기를 읽으면서도 그런 생각이 들 때가 종종 있다. 그런 우려가 적힌 부분들도 보인다.

어쨌든 중요한 일이라고 다 적힌 것은 아니니 오히려 내 삶이 왜곡될 수도 있겠다 싶은 생각도 들었다. (줄임)
어떤 점에선 너무 나 같고, 어떤 점에서는 전혀 나 같지 않은 존재.
2022. 2. 18. 금

이것이 일기의 함정이다. (줄임)
일기는 결코 그 인생을 복기해 주는 게 아니다. 중요한 것만 써 있지도 않다. 오히려 중요한 것은 사느라고 못 쓰고 사소한 것들만 적히기도 한다. 그러니 소설에서 장치로 일기를 창작한 경우가 아니라면 오히려 오해할 여지가 있는 것이다.

2022. 2. 22. 화

하긴 무엇으로 진실을 알겠는가. 남은 흔적으로 뒷사람들이 추리해 내는 건 결국 허상일 뿐. 내가 이렇게 일기를 오래 써 오고 많은 자취들을 기록해 놓은들 어느 누가 내 참모습을 알 것인가. 아니, 오히려 어설픈 내 기록은 직관에서 오는 상상마저도 막아 나를 더 왜곡시킬지도 모른다. 결국 나는 내 모습을 잃는 것이다. 단지 내가 말하고자 했던 것만 내 작품 속에 남을 것이다.

1998. 1. 29. 목

나를 모르는 사람이 내 일기만 읽는다면 오히려 나에 대해 왜곡된 생각을 가질 수 있겠다는 두려움. 앞에서 썼던 '부분의 진실은 오히려 거짓이 될 수도 있다'는 생각과 통하는 얘기다. 그러니 왜곡의 천재인 기억에 맞서서 일기를 쓰지만 일기야말로 실체를 왜곡할 위험을 가지고 있다. 어쩌면 '진실'의 얼굴을 하고 있기에 그것은 더욱 위험한 왜곡이 될지도 모른다. 그럼에도 나는 잊지 않기 위해 일기를 쓰고, 기억을 못 믿어 일기를 쓴다. 일기로 인해 나의 본질이 더욱 왜곡될 수 있다는 위험을 무릅쓰고.

이렇게 나는 일기의 왜곡을 두려워하면서도 기억의 왜곡에 맞서 일기를 쓴다.

일기,
이렇게
쓸 수도 있다

현재의 삶이 싫다면
원하는 삶을 써라

지금까지 나는 일기를 진실하게 써야 한다고 강조했다. 그런데 여기서는 조금 모순되는 것 같지만 '때론 허구가 더 진실하다'는 얘기를 하려고 한다. 일단 이야기에 앞서 '사실'과 '진실'의 차이에 대해 먼저 말해 보자. 사실은 '실제로 있었던 일이나 현재에 있는 일'이고, 진실은 '거짓이 없는 사실'이라고 말하지만 나는 진실을 '설사 사실이 아닐지라도 더 진정한 것'이라고 말하고 싶다. 보통 허구의 이야기로 집을 짓는 소설에 대해 '사실을 쓰진 않아도 진실을 쓴다'는 표현을 자주 하는데 그럴 때 진실은 그렇게 쓰이는 말일 것이다. 나는 일기도 그렇게 써 보자고 말하고 싶다.

하루의 기록을 쓰는 일기에 대해 많은 사람들이 진저리를 치는 건, 그날이 다 그날 같고, 어느 날이고 재미있거나 특별한 것이 없는

데 뭘 쓰냐는 것이다. 정말 그렇다. 학생이라면 간신히 일어나 학교 가서 지겹게 공부하거나 늦게 들어와서 잠들었다 나가기 바쁜 생활의 되풀이고, 성인이라면 아침에 출근해서 하루 종일 일하다가 저녁이면 집에 들어와 잠들었다 나가기 바쁜 생활의 되풀이, 정말 살아 있다고 말하기 힘든 나날이다. 이 날이나 저 날이나 다 비슷한데 굳이 펜을 들어 적을 재미도 없을 것이다.

그런데 오히려 그럴 때일수록 일기가 필요하지 않을까? 죽어 있는 것 같은 나날에 숨통을 틔워 줘서 숨이라도 제대로 쉴 수 있어야 이 험난한 인생을 버티고 살아갈 수 있지 않을까? 아니, 이왕 주어진 인생이라면 조금이라도 사는 것처럼 살아야 재미있지 않을까?

현실에서 그럴 수 없다면 만들어 낸 세계에서라도 우리는 그래야 한다. 일기를 꼭 '사실'만 써야 하는 건 아니다. 현재의 삶이 싫다면 자신이 원하는 삶을 '지어내서' 쓰면 된다. 현실이 싫어 공상에 빠지듯이 일기장에라도 현재의 삶이 아닌 꿈꾸는 삶을 그려 보자. 말도 안 되는 터무니없는 공상이면 어떤가? 어차피 공상인데, 우리에겐 공상할 자유와 능력이 있는데!

가령 재미없고 따분한 회사 생활이나 짜증 나는 식구들에 대해 '사실'만 쓸 게 아니라 자기가 좋아하는 연예인과 사귀는 얘기라든가, 다른 나라에서 다른 존재로 태어나 사는 것을 상상해서 쓴다든가 해도 좋다는 말이다. 사랑을 꿈꾸는 미혼의 젊은이라면 이상형을 만나서 사랑에 빠지는 꿈같은 로맨스를 써도 좋고, 언젠가 독립서점을 차리는 게 꿈이라면 상상의 나라에서 먼저 그런 서점을 차려 놓고 그날 서점에서 일어나는 일을 날마다 상상해서 일기로 써 봐도 좋다. 사춘기 자녀와 소통이 되지 않아 괴로운 부모라면 이상적인 부모와 이상적인 자녀로 이루어진 행복한 가정 얘기를 날마다 써 봐도 좋으리라. 누구든 현실과 다른 삶을 일기로 쓸 수 있다.

예를 들어 이렇게 써 보는 것이다.

0000년 0월 0일 (금)

불금인데 그냥 집에 가자니 서운해서 극장에 들렀다. 다들 쌍쌍이 와서 마음 한구석이 서늘했다. 영화가 끝나고 집에 가기 위해 쓸쓸한 마음으로 전철역을 향해 가는데 검은 모자를 눌러쓴 키 큰 남자가 계속 따라왔다. 나는 겁이 나서 걸음을 빨리 했다. 그런데 내가 빨리 걷자 그 남자도 빨리 걷지 않나? 나는 급하면 경찰이라도 부르려고 핸드폰을 주머니에서 꺼내 손에 쥐었다. 그때 그가 뒤에서 큰소리로 나를 불렀다.

"선아야, 나야 나! 너 만나서 반가워 차라도 마시려는데 왜 그렇게 빨리 가니? 쫓아오느라고 숨넘어갈 뻔했네!"

그 목소리를 듣는 순간 내 몸에서 찌르르 전류가 흘렀다. 방송반 장 선배, 점심 시간마다 온 캠퍼스에 울려 퍼지는 그 다정한 목소리의 주인공, 내가 마음 깊이 짝사랑하는 그 남자! 나는 몸을 홱 돌렸다. 내 마음을 온통 사로잡은 바로 그 남자가 거기서 나를 보며 웃는다. 심장이 마구 뛰었지만 내 머릿속에선 오직 한 가지 생각만이 가득 찼다. 오늘부터 우린 1일이다! 내가 그렇게 만들고 말 거다!

0000년 0월 0일 (월)

오늘은 새로 들어온 책 20권이 하루에 싹 팔렸다. 기분이 매우 좋았다.

단골이 점점 늘고 있다. 게다가 한 손님이 "저는 이 책방에 들어오는 책은 아무 고민 없이 사요. 책방 주인님의 취향이 딱 제 취향이라서요" 하고 말해 줘서 더욱 뿌듯했다.

회사를 그만둘 때 느꼈던 불안은 이제 사라졌다. 월말 정산을 해 보니 이번 달 수입은 드디어 내가 받던 월급을 따라잡았다. 하고 싶은 일을 하며 돈도 벌게 되다니 믿어지지 않을 만큼 행복하다.

이런 식으로 마음대로 상상해서 쓴다면 쓰는 순간만이라도 얼마나 즐거운가? 지어내는 데야 뭘들 못 하나? 누구한테도 보여 줄 수 없을 만큼 유치해도 좋다. 아니, 유치할수록 더 좋다. 그래야 더 신나고 재미있다. 그럴수록 무언가 말 못한 채 쌓여 있던 것들이 빠져나가고 홀가분해질 것이다.

어디선가 그런 얘기를 읽은 적이 있다. 친구가 의사인데 취미로 소설을 쓴다기에 읽어 봤더니, 환자가 말도 안 되게 기적처럼 낫는 줄거리여서 막 웃었다고. 그런데 그 친구가, 자기가 살려 내지 못한 환자가 너무나 마음에 걸려 자기 소설 속에서라도 살려 주고 싶어서 그렇게 썼다는 말에 숙연해졌다는 얘기였다. 인간은 그런 존재다. 공상의 세계 속에서 현실을 잊을 수도 있고, 공상의 세계 속에서 자신을 치료할 수도 있다. 일기도 얼마든지 그런 소설처럼 쓰면 된다. 발표만 안 한다면 무엇이든 상상하고 써 볼 수 있다. 한때 유행했던 팬픽이야말로 이런 허구 일기의 모범적 사례이다. 뭐든 가능하다. 시공을 뛰어넘어 하버드 대학의 교수가 된 자기 삶을 묘사해도 좋고, 고양이나 나무늘보처럼 전혀 다른 존재로 바꿔서 묘사해 봐도 좋다. 핵심은 신나고 재미있는, 원하는 삶을 일기에 쓴다는 것! 일기장 속에서라도 다른 삶을 살아 본다는 것! 그러면 쓰는 동안이라도 그런 즐거운 삶을 살게 된다. 그 힘으로 현실의 지겹고 무의미한 시간도 견뎌 낼 수 있게 된다.

그렇게 쓴 일기를 20년 뒤에 읽는다고 생각해 보자. '아니, 내가 언제 장 선배와 사귀었지?' '아니, 내가 언제 서점을 차렸지?'라고 생각할 사람은 없다. '아, 내가 이때 정말 사는 게 무의미하고 힘들었구나. 그래서 이렇게 귀엽게 일기를 쓰면서 그 시절을 버텼구나', '아, 내가 정말 독립서점을 이렇게 꿈꾸었구나. 그 지겨운 회사를 이런 꿈을 꾸면서 간신히 다녔구나' 하고 생각할 것이다. 그러면 그래야 했던 사실적인 환경도 떠오르고, 무엇보다 그 환상의 세계에서 행복해했던 그 순간으로 확 돌아갈 수 있다. 사실을 적은 일기와 마찬가지로. 그때 그 허구의 일기는 사실보다도 더 진한 '진실'이 된다!

그리고 또 모를 일이다. 그렇게 써 놓은 미래의 소망 일기가 현실로 이루어지지 말란 법도 없으니 행여나 그렇게 된다면 과거의 꿈꾸던 시절을 돌아보는 일이 더욱 더 뭉클할 것이다.

나만의 일기 형식을
찾아서 쓰자

일기를 쓰면 좋다고 생각해서 쓰고 싶어 하는 사람들이 많지만 일기야말로 '작심삼일'의 대표적인 예로 꼽힌다. 이론적으로는 '작심삼일'도 사흘마다 새로이 마음을 먹고 내리 되풀이하면 얼마든지 이어갈 수 있다. 그러나 그렇게 번번이 마음을 새로 먹어야 한다는 건 어딘가 자기와 맞지 않는 부분이 있기 때문이다. 무엇이든 마음 내켜서 신나게 해야지, 억지로 할 필요는 없다. 그런 사람들을 위해 '작심삼일을 넘어서는 잔꾀'랄까, 전형적인 일기와 좀 다른 여러 가지 방식의 일기들을 말해 보려 한다. 사람에게 무언가를 털어놓기 싫었던 어린 내가 천사 언니에게 편지를 쓰는, 내게 딱 맞는 생각을 해 낸 것처럼 누구든 자신한테 맞는 일기의 형식을 찾아내서 그 방법을 쓰면 된다.

일기는 정말 자유로운 것이라 일기日記가 아니라 주기週記나 월기月記, 연기年記를 써도 되고, '내킬 때 아무 때나 쓰기'를 해도 된다. 심지어는 꼭 글로 쓰지 않아도 가능하다. 일단 내 머리에 떠오르는 일기의 여러 가지 형태를 소개해 본다. 저마다 자기에게 맞는 기발하고 창의적인 방식을 찾아내서 삶의 흔적을 남기고, 인생을 다시 살아 보고, 전용 타임머신도 갖추고, 인생 퍼즐도 맞춰 보며 '일기 쓰는 인류'의 즐거움을 만끽해 보기를!

1) 5년 일기

나는 5년 일기도 한 권 쓴 적이 있는데 퍽 매력적인 방법이다. 5년 일기를 쓸 수 있게 만들어진 전용 일기장도 나와 있다. 물론 직접 만들어 써도 좋다. 이 일기장은 펼친 한 면에 2022년 2월 5일, 2023년 2월 5일 하는 식으로 5년에 걸쳐 같은 날짜가 함께 나와 있다. 칸이 좁아서 긴 내용을 적기는 힘들고, 주로 기억하고 싶은 일을 적는데, 그 또한 무엇이든 골라 적으면 된다. 중요한 일을 적을 수도 있고, 먹은 음식을 적을 수도 있고, 몸무게만 적을 수도 있다. 그날 한 좋은 행동이나 후회되는 일을 적을 수도 있다.

나는 1998년부터 2002년까지 5년 일기장을 썼는데 아래쪽 비망록 칸을 2003년 일기로 삼아서 실제로는 6년 일기를 썼다. 이곳에는 내 감정이나 생각을 적기보다는 주로 식구들 얘기나 집안 일들을 적었다. 이번에 쭉 읽어 보니 〈속삭임〉을 읽을 때와 느낌이 전혀 달랐다. 쓴 사람이 똑같은데도 〈속삭임〉에서 여성과 작가가 느껴졌다면 〈6년 일기〉에서는 어머니와 주부가 더 느껴졌다. 같은 사람의 기록이 아닌 것처럼 보일 정도였다. 조명을 어디서 비추느냐에 따라서 한 사람의 모습이 얼마나 다르게 보일 수 있는지 새삼 깨닫는 경험이었다.

이 일기의 가장 큰 장점은 5년 동안 있었던 일을 한눈에 비교할 수 있다는 점이다. 신문에도 가끔 몇 년 전 오늘 어떤 역사적인 일이 있었다, 몇십 년 전 오늘 어느 위인이 태어났다는 기사가 나오듯이 한 해 전 오늘, 세 해 전 오늘, 다섯 해 전 오늘, 자신한테 무슨 일이 있었는지 한눈에 알 수 있어 견주어 보며 읽는 맛이 쏠쏠하다.

상품으로 나온 일기장은 3년이나 5년 일기 정도만 있는 듯싶은데, 자신이 원하는 주기로 얼마든지 만들면 된다. 4년 일기, 7년 일기, 더 나아가 10년 월기 같은 것도 가능하지 않을까. 해마다 9월에는 무슨 일이 있었나 볼 수 있게 한 달에 한 번만 쓰면 월기가 될 것이다. 쓰는 게 영 귀찮은 사람은 월기月記가 아니라 연기年記라도 써 보자. 이런 일기는 칸이 좁기 때문에 쓰는 게 귀찮은 사람한테 딱 맞다. 또한 몇 줄 정도로 짧게 쓰는 일기라 전체의 큰 흐름을 보기에는 오히려 편하기도 하다.

내가 쓴 5년 일기는 이런 식이다.

[4월 22일]

1998년

비, 비, 비. 오랜만에 산 입구 화단 있는 데까지 올라갔다 왔다. 져 가는 겹벚꽃과 앙증맞은 제비꽃, 잎새가 다 올라온 옥잠화를 봤다. 오는 길에 새로 연 화원에서 수국을 겨우 3천 원에, 그리고 다른 화분을 만 원에 샀는데 아저씨가 차로 태워 주고 장미도 한 송이 준다.

1999년

《세상에서 가장 큰 아이(번역)》 나옴. 엄마와 OZ 극장에서 〈카사블랑카〉
를 보았다. 아주 좋았다!

2000년

비 오는 토요일 아침. 가게 잔금 치르고 정식 계약함. 길상사 들르고.
동생들이랑 인사동에서 만나고. 큰애는 친구랑 춘천 가고.

[12월 15일]

1998년

나의 창작으로는 첫 책《세상에서 가장 친한 친구》가 오늘 나오다. 식구
들 복찜, 매운탕 외식하고 건영옴니 가서 〈벅스 라이프〉 봄.

1999년

용인장. 돌풍이 불어 일찍 장사 걷고, 아버지 산소에 들름. 빵가루를 뿌
려 주자 까치들이 와서 먹는다. 아버지가 우리 첫째를 잘 돌봐주실 것이
다. 그런 느낌이 정말 진하다.

2000년

나의 두 번째 창작 책《마지막 박쥐 공주 미가야》 출간. 막내 도련님 아
들 낳다. 〈우리 시대 무용가 2000〉 공연, 둘째와 감.

2001년

지숙이 얻은 초대권으로 윤상 콘서트 〈페스타Festa〉 보러 감. 그전에는 〈와이키키 브라더스〉 감동적으로 보고. 음악의 날!

2002년

원주에서 집에 옴. 새마을호 타고. 둘째 데리러 나갔다가 식구들과 당고개에서 떡볶이 먹음. 첫째가 동대문에서 치마 사 옴.《행복한 학교》출간!

이렇게 모아 놓고 보니 4월 22일 일기는 3년만 썼는데도 비가 두 번이나 왔고, 12월 15일에는 책을 3권이나 냈다는 걸 알게 되었다. 특히 12월 15일은 신기했다. 우리 딸들 생일도 달은 달라도 똑같이 15일이기 때문이다. 책도 '낳았다'는 느낌이 드는 내 자식인데 신기하게도 15일에 이렇게 많이 태어났다니!

2) 열쇠말(핵심어) 일기

몇 줄 글도 쓰기 귀찮다면 하루를 나타낼 수 있는 열쇠말 하나만을 수첩에 적어 나가도 좋겠다. 작은 수첩에 날짜와 열쇠말만 적는 것이다. 나중에 그 단어를 실마리로 그날의 일을 추리해 보는 재미도 있겠다. 예를 들어 이런 식으로 적어 보면 어떨까?

2017년 3월 8일 작별

2018년 1월 3일 내가 못났다는 자괴감

2019년 12월 11일 아구찜, 택시로 귀가

2020년 7월 30일 휴가, 《토지》완독

2022년 9월 17일 파리행 비행기표 예약!

열쇠말 하나로 도저히 쓰기 힘들 때면 한 줄 정도 문장으로 간략히, 그러나 자기는 알 수 있게 적는다. 기억이 담긴 실뭉치의 끝만 빼놓는 식이랄까? 그것만 잡아당기면 다른 것들이 줄줄 딸려 나올 수 있도록.

3) 메모 일기

부엌이나 거실 탁자에 커다란 유리병을 하나 꺼내 놓고, 생각날 때마다 메모지에 그날의 기록을 날짜와 함께 메모하여 담아 놓는다는 기발한 아이디어도 들은 적이 있다. 한 해의 마지막 날 메모지를 꺼내서 날짜대로 쭉 놓아 보면 한 해가 한눈에 보기 좋게 정리되면서 아주 즐겁다고 한다. 공책을 펼치거나 컴퓨터를 켜거나 하는 귀찮은 절차 없이 얼마든지 할 수 있는 일이다. 포스트잇에 생각날 때마다 몇 줄씩 적어 노트에 붙여 놓아도 날짜만 잘 적어 두면 나중에 훌륭한 일기가 된다.

4) 엽서나 편지 일기

날마다, 혹은 일주일에 몇 번씩 엽서나 편지를 서로 보내는 방식도 좋다. 자기한테 있었던 일을 친구에게 편지로 쓰는 셈이다. 상대방의 편지를 서로가 간직해도 좋겠지만 일기처럼 쓴다면, 한 해가 저물 때마다 받은 편지를 서로 바꾸어도 좋을 것이다. 전자우편으로 쓴다면 번거로운 절차 없이 저절로 보관되어 좋은 추억이 될 수도 있다. 내 경험으로는 우체국에서 파는 관제엽서에 적어 보내는 것이 날마다 우체통에 넣는 재미도 있고, 나중에 모아 놓고 읽기에도 좋았다. 관제엽서에는 우표가 인쇄되어 있어 일일이 우표를 붙일 필요도 없으니 편리하다.

일기를 나눈 건 아니지만 글 쓰는 친구와 문학 공부 삼아 엽서를 나눈 적이 있다. 연말에 관제엽서 100장 묶음을 사서 마음에 드는 시나 소설 구절, 혹은 그에 대한 소감을 사흘마다 보내고 연말에 만나 그 엽서 뭉치를 교환했다. 가끔 꺼내 읽어 보면 이것도 참 재미있는데 몇 장 뽑아 보면 이렇다.

94. 6. 2

조그만 새장 속에 새가 들어있는 장난감을 팔고 있더라. 태엽을 감으면 새는 감쪽같이 진짜 새처럼 운다. 새장은 왜 생겨났나? 그것은 날아다니는 새를 가두기 위해서, 도망치지 못하게 하기 위해서다. 그렇다면 날기는커녕 숨도 쉬지 않는 장난감 새에게까지 새장을 만들어 준 건 무슨 까닭인가? 박제가 된 자유가 불쾌했다.

신대철 시인의 〈처형 1〉에서 새를 잡았다 계속 날려 주는 부분을 읽으며 든 짧은 생각.

94. 5. 10

오늘 생전 처음 경매란 데 입찰했다가 떨어졌다. 이제 이 집에서 쫓겨나야 한다. 그래도 나는 어젯밤, 아니 입찰 결과가 나올 때까진 어쩐지 내

집 같은 기분이 드는 이 집과의 인연을 철석같이 믿었다. 그랬으면서도 배신하듯 내 손을 떠나 남의 손으로 가는 이 집에 대해 응찰 결과가 나오는 그 순간부터 거짓말같이 미련이 가셔 버렸다. 인연 끝난 것에 대해 한 점의 미련이 없는 내 특성이 유감없이 발휘되었고, 이것은 어쩌면 내 '나그네 기질'인지도 모른다. 시무룩한 표정도 짓지 않고 열심히 걸어왔지만 탄식을 내뱉어야 하는 기형도의 시 〈여행자〉에 나를 얹어 보며.

1994. 12. 29

오늘은 서정주의 〈자화상〉을 읽었다. (줄임) 돌이켜 보니 삶에 대해서 나는 거의 응석을 부려 보지 못했다. 어떻게도 응석을 부릴 수 없는 것이, 나는 누가 떠밀어 삶을 산 게 아니라 언제나 '선택'했기 때문이다. 제가 선택한 것을 누구에게 어리광 부리고 하소연하겠는가. 나는 운명조차 원망하지 못했다. 운명은 그럴 것이다. "내가 언제 너에게 그런 운명을 주었더냐?"

아름다운 시구나 멋진 소설 문장을 읽는 것도 즐거웠지만 그에 대한 소감을 읽는 맛이 훨씬 더 좋았다. 그냥 읽으면 '좋다!' 감탄하며 무심코 지나갔을 아름다운 시나 멋진 소설들, 그러나 그에 대해 몇 줄이라도 엽서에 적어 보낸다 생각하면 그것들은 마중물처럼 내 속의 다른 이야기를 끌어올려 쏟아지게 해 주었다. 그럴 때 적히는 것들은 일상의 일기와 결이 달라서 또 다른 재미가 있다. 그러나 이건 내가 어디까지나 종이 선호자라 그럴 것이고, 시대가 바뀌었고, 지구도 살리기 위해서라면 전자우편 쪽이 더 나을 것 같기도 하다.

5) SNS 활용 일기

이미 인스타그램이나 페이스북 같은 SNS에서 많은 사람들이 하는 방식이다. 성실하게 일상의 기록을 남기는 사람들도 많지만 일부의 비판처럼 보여 주고 싶은 자랑거리만을 허세처럼 올리는 사람들도 적지 않다. 그러나 나는 설사 그렇더라도 괜찮다고 생각한다. 앞에서 썼듯이 상상 일기도 쓰는 판에, 있는 것들을 약간 과대 포장해서 올리는 일이 무슨 대수인가. 남한테 피해를 주는 내용만 아니라면 그것도 일기로서 가치가 있다고 생각한다. 특히 사진을 올리기 쉬워서 더욱 생생하고 훌륭한 기록이 된다.

나중에 그것을 다시 읽게 되면, 보이는 것만이 아닌, 그걸 올릴 때의 진짜 마음까지도 알 수 있으며, 과거의 그 순간으로 돌아갈 수 있다. 또한 블로그든 페이스북이든 비공개로 쓸 수도 있으니 비밀 일기도 얼마든지 쓸 수 있다. 손글씨가 익숙지 않은 분들에게는 이쪽이 훨씬 좋겠다. 사진은 물론 음악도 붙일 수 있으니 '비밀 골방'이나 '비밀 카페'를 드나드는 기분도 느낄 수 있다.

6) 교환 일기

학창 시절에 한 번씩 해 보는 교환일기도 길게 일기를 지속할 수 있는 좋은 방식이다. 서로 일기를 바꿔서 보는 것이라 자연스레 각자가 격려자나 감시자 역할을 하게 되기 때문이다. 친구 사이의 교환 일기도 좋지만, 부모 자식 사이, 부부끼리, 연인끼리도 좋다고 여겨진다. 날마다 얼굴 보는 사이라도 괜찮다. 금방 얼굴 보고 말해 놓고 글을 써서 보이자면 쑥스러울 것 같지만 뜻밖에도 막상 해 보면 쉽게 익숙해진다. 말은 말이고 글은 글이니까. 글은 말과 달라서 속을 드러내기가 더 좋고, 감정 폭발 없이 서로에 대한 이해를 높이기 좋다. 나중에 한꺼번에 보면 정말 소중한 한 시기의 기록이 된다.

7) 테마 일기(패션, 육아, 독서, 영화, 여행, 운동, 인테리어, 캐릭터, 에피소드, 유튜브, 맛집, 음주, 미술관, 음악회, 반려동식물……)

흥미를 가진 분야를 중심으로 자기 일상을 남기고, 정보도 모을 수 있는 일기다. 잘 알려진 예로 육아 일기가 있겠지만 패션, 독서, 영화, 여행, 운동, 무엇이든 할 수 있다. 인스타그램에 날마다 자신이 그날 맞춰 입은 옷차림을 사진이나 그림으로 올리는 일기도 본 적 있고, 영수증을 날마다 붙이면서 그것에 대해 쓴 기발한 일기가 책으로 묶여 나온 경우도 있다. 요즘은 유튜브를 많이 보니, 자기가 본 유튜브 일기를 남겨도 좋고, 팟캐스트나 웹툰에 대한 일기, 나아가 날마다 하는 게임에 대한 일기를 써도 좋겠다. 병원에 입원해 치료를 받는 중이라면 병상 일기를 남겨도 좋고, 가벼운 병이나 오랜 시간 치료를 받는 병이라면 나아가는 과정을 치유 일기로 써도 좋을 것이다.

8) 그림일기, 사진 일기

이것도 많이들 하는 것이지만 초등학생 때 추억을 되살려 어른이라도 크레파스나 사인펜으로 그림을 남겨 보자. 뜻밖에 재미가 있을 것이다. 자기가 한 일에 대해 그림을 그려도 좋지만 상관없이 그림 연습처럼 한 장씩 그려도 좋다. 이 그림을 왜 그리는지, 어떤 느낌이 드는지, 이 그림을 그리는 날 무슨 일이 있었는지, 한 줄이라도 보탠다면 더욱 멋진 일기가 될 수 있다.

사진 일기도 마찬가지다. 아이패드나 노트북에 그리거나 사진을 올릴 수도 있겠는데, 요즘은 핸드폰으로 찍은 사진을 즉석에서 뽑는 기기들도 나와 있으니 하루에 한 장씩 그날을 기록한 사진을 찍어서 일기장에 붙여 나가는 것도 재미있을 것이다.

9) 메신저 일기

핸드폰에서 쓰는 메신저 어플(카카오톡, 라인, 텔레그램 따위)도 좋은 일기장이 될 수 있다. 그곳에 날마다 기록을 간단히 남기는 것이다. 날마다 자신에게 말을 걸 듯 남겨도 재미있는 기록이 되지 않을까?

예를 들어 이렇게 말이다.

6월 7일 오전 8시 33분

오늘도 힘내서 살아 보자! 비가 내려 분위기가 좋네!

9월 14일 오후 4시 44분

정 부장, 저거, 인간도 아니다!

나는 저렇게 늙지 말자.

12월 28일 오후 11시 17분

재미있는 유튜브를 봤다.

다시 보고 싶어 여기에 저장.

메신저로는 유튜브나 정보, 노래, 사진, 동영상, 무엇이든 끌어다 놓을 수 있으니 아주 독특하고 풍성한 기록이 될 수 있다. 복잡한 전철 안에서라도 얼마든지 할 수 있고!

10) 녹음 일기

일기를 꼭 글로 남겨야 하는 건 아니다. 글로 쓰기 어렵거나 귀찮다면 그냥 녹음으로 하루의 기록을 남겨도 된다. 녹음기를 이용해도 되지만 핸드폰에 있는 녹음 기능을 이용해 언제 어디서나 생각날 때 녹음하면 된다. 있었던 일을 말로 녹음해도 되지만 그에 곁들여 산책할 때 새소리, 보던 드라마의 배우들 대사, 친구와 나눈 즐거운 대화, 맛있는 찌개가 끓는 소리, 같은 것들도 녹음해 두면 기억의 실마리로 생생한 자료가 된다. 가끔씩 그 기록을 컴퓨터에 옮겨 놓는다면 더욱 완벽한 일기가 될 것이다.

11) 모닝 페이지

마지막으로 추천하고 싶은 일기는 '모닝 페이지'다. 이것은《아티스트 웨이》란 책에 나오는 개념인데, 내 식으로 간단히 말하면 아침에 눈을 뜨자마자 비몽사몽한 상태 그대로 아무 말이나 자유롭게 쓰는 작업이다. 쓰는 동안 멈추거나 생각을 하지 말고 떠오르는 대로 마구 쏟아 놓는 게 핵심이다.

이것은 사실 일기라기보다는 일정 기간 동안 창조성을 개발하기 위한 방법으로 나온 것인데 나는 이것도 일기의 한 종류라고 본다. 내 경우, 창작을 할 때 이 작업을 함께하면 확실히 무의식이 활성화 되어 큰 도움을 받는다. 뭐랄까, 의식과 무의식을 잇는 복도에 쌓인 쓰레기를 치워 버리는 작업 같다고나 할까? 깨끗해진 복도로 무의식이 더 쉽게 의식으로 흘러들어오는 느낌이 들고, 글을 쓰다 보면 '생각지도 않은 아이디어'가 많이 솟는 기쁨을 맛본다.

그러나 창작이 아닌 일상생활에서도 모닝 페이지는 상당히 괜찮은 작업으로 여겨진다. 일상생활에서도 모닝 페이지를 써 보면 머리가 개운해지는 느낌을 받기 때문이다. 잡생각을 글로 쏟아 내서 머릿속이 정돈되는 건지도 모르겠다.

지금까지 다양한 일기에 대해 말해 보았지만 이것들은 모두 하나의 예에 지나지 않는다. '일기는 공책이나 컴퓨터에 일일이 적어 넣어야 하는 것'으로 생각해서 사흘 이상 절대 못 쓰는 이들의 고정관념을 깨기 위해 말한 것뿐이다. 누구든 자기에게 맞는 방식으로 삶의 흔적을 남기면 된다. 헨젤과 그레텔이 집에 돌아갈 길을 잊지 않기 위해 과자 조각들을 숲길에 떨어뜨리며 가듯이, 우리 또한 과거의 순간을 다시 살며 추억하기 위해 무엇이든 흔적을 남기는지도 모른다. 헨젤과 그레텔이 흘린 과자 조각은 새들이 다 먹어 버린다. 우리도 그럴 것이다. 우리의 기록은 살아 있는 동안 자신의 기쁨이 되고, 세상을 떠난 뒤엔 가까운 사람들한테 추억의 대상이 되었다가 우주의 어둠으로 사라질 것이다. 과자 조각이 새들에게 잠시라도 기쁨을 주었듯이 나와 가까운 사람들에게 잠시의 기쁨을 주고서.

그런들 어떤가. 아니, 그래서 더 좋지 않은가. 무엇이든 자기한테 가장 알맞은 흔적 남기기를 찾아보기 바란다. 물론 흔적 남기는 것을 질색하는 깔끔한 분들에게는 해당되지 않는 말이다. 나는 흔적을 질질 남기며 살아왔고, 그 흔적을 다시 더듬으며 복기하는 것을 좋아하는 취향의 인류라 이런 글을 적고 있을 따름이다.

그러나 아무리 생각해도, 어느 날 일기를 쓰기 시작한 일은, 그 일기를 오래오래 써 온 일은 태어나서 내가 한 일 가운데 가장 잘한 일이다. 다시 태어나도 나는 일기 쓰는 인류로 태어나고 싶다. 이 책을 읽고 '어느 날 일기를 쓰기 시작'하는 인류가 늘어나기를 바라며 일기에 대한 길고 긴 '자랑'을 마친다.

일기에 관한 나의 마지막 꿈과 고민

햇살 따뜻한 창가 흔들의자에 앉아 무언가를 읽고 있는 늙은 여자가 있다. 한 손으론 자꾸만 흘러내리는 동그란 안경을 연신 밀어 올리고, 또 한 손으로는 누렇게 바랜 공책을 한 장 한 장 넘기면서. 그의 곁에는 낡은 공책이며, 원고지, 편지 다발들이 수북하게 쌓여 있다. 고양이 한 마리도 곁에서 졸고 있을까.

언제부터였는지 정확치는 않지만 어림잡아 열서너 살 무렵으로 짐작이 가는데, 나는 그 나이에 우습게도 저런 상상에 곧잘 사로잡혔다. 어린 나이에도 세상을 열심히 산 다음에 지나간 세월을 돌아보며 추억에 젖을 만큼 여유를 누릴 수 있다면 참 괜찮은 삶이겠다는 생각이 들었나 보다. 그 나이에 삶에 대해 감히 무엇을 짐작했을까 싶지만 그 영상은 줄곧 내 머릿속 한 귀퉁이를 차지했다.

그동안 사는 일이 버겁고 고달팠던 순간들마다 묘하게도 내게 가장 위안을 주는 영상은 바로 그 햇살 따뜻한 창가 흔들의자에 앉은 늙은 내 모습이었다. 그래, 그때 되면 나도 쉴 수 있을 거야, 하고 싶던 일도 다 해 보고, 해야 할 일도 다 해 놓고, 잠시 숨 고르고 앉아 지난 일들을 되새기며 눈물도 흘리고 미소도 지을 수 있겠지. 그런 생각을 하면 아무리 힘들고 숨 가쁜 순간도 견딜 만해졌다. 나는 미리 노인이 되어 지금 이 순간을 바라보는 것이니.

이제는 다시 돌이킬 수 없는 시절, 이미 살아 버린 시절을 마지막 시간 속에서 반추해 보는 일은 세상에서 가장 다다르기 힘든 즐겁고도 아름다운 일로 여겨졌다. 저 어린 날부터 내게 인생은 그 흔들의자에 앉아 미소 짓는 순간을 향해 쭉 뻗어 있는 길이었다. 그 순간의 즐거움을 위하여 나는 온갖 글들을 버리지 않고 모아 두었다. 숱하게 이사를 다니면서도 내가 어릴 때 쓴 글, 아이들이 어릴 때 쓴 글, 어릴 때 받은 편지들까지 고스란히 간직했다. 목적은 단 하나, 그 창가 흔들의자에 앉아 읽기 위해서였다. 신이 내게 그런 순간을 허락해 준다면.

그 꿈은 최근에 조금 바뀌었다. 주변에서 세상 떠난 사람들을 보니 많은 물건들이 그대로 버려졌다. 내가 세상을 떠나면 내가 받은 귀한 편지들도 다 그렇게 될 것이다. 그래서 그때부터 나는 아직 연락이 닿는 사람들한테는 받은 편지들을 정리해 전달하기 시작했다. 그들에게는 과거의 추억이나 기념품이라도 되겠지 싶어서였다. 딸들이 어릴 때 쓴 글도 이제 성인이 되어 저마다 가정이 있는 그들에게 하나씩 정리해 가며 주고 있다.

이제 저 그림 속 늙은 여자는 일기장만을 읽는다. 자기 키만큼 높이 쌓인 일기장을 첫 권부터 마지막 권까지 찬찬히 읽는다. 사람이 제 죽음을 알 수 없으니 어떻게 죽을지는 알 수 없지만 혹시라도 오래 살아 자연스레 늙어 갈 수 있다면, 그래서 죽을 날이 얼마 남지 않는 순간을 가질 수 있다면, 그리고 그때까지 글자를 읽을 수 있는 눈을 가지고 있다면, 나는 평생 쓴 일기장을 모두 꺼내 놓고, 가득 쌓여 있는 일기장을 차례대로 읽어 보고 싶다.

　이 글을 쓰면서 일기장이 많아진 뒤로는 처음으로 모든 일기를 차례대로 다 읽었다고 했다. 그러나 지금은 아직 삶에 얽힌 일들이 많아 일기장만 붙들고 읽을 수가 없어서 몇 달이라는 긴 기간 동안 시간이 날 때마다 띄엄띄엄 간신히 읽었더니 다 읽고 나서도 인생 전체를 뭉텅이로 돌아본 느낌이 들지 않았다. 여느 때처럼 조금씩 일기를 읽은 느낌과 크게 다르지 않았다. 그나마 이런 시도도 자주 하기는 어렵다. 앞으로 오랫동안 그런 시도를 또 하기는 어려우리라. 그러니 그렇게 읽는 것과 다르게, 몇 날 며칠이 걸리더라도 열세 살의 그날부터 살아 있는 그날까지 평생 써 온 기록을 한꺼번에 쭉 읽어 보는 일, 낮에는 은은한 햇살이 들어오는 창가에서, 밤에는 아늑한 등불이 켜진 침실에서 그것들을 읽는 것으로 삶의 마지막 풍경을 만들고 싶은 꿈, 그것이 일기에 대해 내가 품는 마지막 꿈이다.

　물론 꿈일 뿐이다. 내 삶의 마지막 장면이 어찌 될는지 조금도 알 수 없으니 이 또한 한 치 앞도 모르는 미물의 꿈에 지나지 않는다. 감히 이루어지기를 꿈꾸기도 힘들 만큼 어렵게만 여겨지는 꿈이지만 그것이 일기에 대해, 어쩌면 내 인생에 대해 내가 품는 마지막 환상이다. 어디까지나 꿈, 환상, 이루어지기 힘든 소원이라고 생각하지만 혹시라도 그 마지막 꿈을 이룰 수만 있다면 나는 내 삶의 완성된 모자이크 그림을, 조립된 퍼즐 그림을 대강은 알아채고 떠날 수 있을 것이다.

　그런데 몇 년 전 한 친구의 말을 들은 뒤론 남은 그 꿈마저 흔들리게 되었다. 그 친구의 어머니가 바로 나처럼 일기를 오래 써서 몇 십 권의 일기장을 남겼다고 했다. 처음에 그 말을 들었을 때는 감탄하며 그 친구를 부러워했다. 그 연배의 어머니가 일기를 쓰는 일도 드문데, 그렇게 많은 일기장을 남겼다니 말이다. 내 반응에 친구는 그게 아니라고 고개를 저었다. 몇 십 권이나 되는 그 일기장이 얼마나 애물단지인지 모른다는 것이다. 옛날처럼 창고나 다락이 있는 단독주택에서 사는 게 아니라 대부분 공간이 한정된 아파트에서 사는데 그 많은 일기장을 넣어 두고 보관하는 일이 보통 어려운 일이 아니라고 했다. 절로 고개가 끄떡여졌다. 나부터도 좁은 아파트에 살면서 어떻게든 물건 하나라도 없애려고 애쓰는 중이니 깊이 수긍이 갔다. 형제들이 다 맡기를 꺼려해서 자기가 갖고 있지만 앞으로는 어떻게 처리해야 할지 난감하다고 했다. 어머니 일기이니 함부로 버릴 수도 없어서 여간 골칫덩이가 아니라고 말하는 친구의 얼굴이 정말 곤혹스러워 보였다.

친구의 얘기를 듣자 나는 갑자기 환상에서 깨어나 현실을 보게 되었다. 죽기 전에 흔들의자에 앉아 쌓인 일기장을 읽으며 인생을 돌아볼 환상에만 젖어 있었지, 그 뒤에 일어날 일들에 대해서는 한 점도 생각하지 않았다. 내게 죽음은 아직도 낭만적이고, 비현실적인 것이었나? 그렇게 죽음을 염두에 두고 살아왔으면서?

내 일기장은 지금까지 쓴 것만도 150권이고, 현재 151권째에 들어섰다. 오래 살수록 늘어날 것이다. 이미 일기장 장을 따로 만들어 보관해야 할 만큼 부피도 늘었다. 한두 권이라면 유품으로 간직해 달라고 할 수도 있겠지만 이 많은 일기장을 딸들에게 보관해 달라고 하는 건 참으로 뻔뻔스럽게 여겨졌다. 좁은 집에 그것들이 무슨 흉물처럼 버티고 있는 광경이 눈에 선했다. 게다가 열다섯 살에 쓴 일기조차 딸들에게 보여 줄 수 없었는데, 아무리 내 삶을 딛고 내 딸들이 더 잘 살기를 바라는 마음이 있다손 쳐도 솔직히 이제는 내가 죽은 뒤라도 내 일기를 다 보여 줄 자신이 없는데! 그렇다면 그건 그냥 무용지물 정도가 아니라 폐휴지나 고물을 집안에 쌓아 두는 거나 마찬가지 아닌가?

그때부터 그 문제는 나의 화두가 되어 내 머릿속을 떠나지 않는다. 크리스마스카드 그림처럼 아늑했던 흔들의자의 풍경에 그림자가 드리워졌다. 어떻게 해야 하나? 내가 죽으면 다 태워 달라고 할까? 그렇게 하면 간단하겠지만 내 삶을 쏟아부은 일기를 몽땅 불태워 없앤다고 생각하면 가슴에 칼이 꽂히는 것만 같다. 정작 죽은 내 몸을 태우는 건 아무렇지도 않은데 일기장을 태우는 건 괴로운 걸 보니 나는 일기장이 살아 있다고 생각하나 보다.

살아 있는 동안에 일기를 미리 정리하여 컴퓨터에 옮겨 놓는다면 가장 좋을 것이다. 그러면서 봐서는 안 될 내용은 쳐내고, 일기장도 없애면 간단하겠지만 내 일기는 그렇게 하기엔 분량이 너무 많다. 봐서는 안 될 내용도 너무 많아서 그것들을 쳐내면 남는 것도 없을지 모른다. 그런 일기니 사람들한테 한 권씩 기념으로 나눠 줄 수도 없다. 내가 가져갈 수만 있다면 설사 지옥에 가더라도 일기를 읽으며 버틸 수 있겠지만 영혼에는 팔도 없으니 가져갈 수도 없다.

이제 나는, 왜 이렇게 일기를 많이 썼나, 후회하게 될까? 언제든 죽을 수 있다는 생각을 늘 하고 살아왔고, 60대에 들어서면서는 '이제부터는 덤'이라는 생각으로 주변 정리를 해 가고 있으면서도 아직 내 일기장에 대한 문제를 풀지 못했다. 어떻게 해야 하나? 내가 일기장에 대한 미련과 집착을 버려야 할까?

그러나 솔직히 말해 그 문제를 심각하게 고민하지는 않는다. 지금도 여전히 일기를 즐겁게 쓰는 나를 보면 알 수 있다. 어떻게 되겠지, 좋은 생각이 나겠지, 그렇게 해결책을 미루면서 하느님한테 응석을 부리고 있다. 날마다 천사 언니한테 일기를 배달해 주었던 그 너그럽고도 유쾌한 나의 하느님에게! 일기장 문제를 해결할 때까지는 데려가지 말아 주세요!

이 부분에 대해 진지하게 고민했던 일기도 있어서 옮겨 본다. 그 무렵에는 의사한테 '악성종양일지 모른다'는 주의를 받은 일이 있어서 저 고민의 농도는 더욱 짙었다.

며칠 전 문득 그런 생각이 들었다. 일기장 장을 바라보다가, 내가 죽으면 저것들은 얼마나 애물단지가 될 것인가. 언젠가 윤지가 엄마가 남긴 일기장이 짐이라고, 거추장스럽다고 말한 것도 떠오르고.

난 저걸 왜 쓰기 시작했던가. 기본이야 나의 이중성—세상과는 싸우기 싫고 타협하고 싶어 하지만 속으로는 시퍼렇게 나를 지켜내고 싶은—에 기인하겠지만 내 딸들의 성장의 순간마다 그 시기의 내 일기를 보여 주겠다는 거창한 소망도 있었고, 마음속으로는 늘 아주 늙어 흔들의자에 앉아 저것들을 읽어 보다 죽고 싶다는 로망도 가지고 있었던 것이다.

딸들에게 보여 주는 건 일부만 성공했다. 그러기에 나는 너무나 솔직하게 일기를 적어 왔고, 딸들에게도 보여 줄 수 없는 은밀한 내면의 삶을 살았고, 늘그막 흔들의자의 로망은, 어쩌면 실현 불가능할지도 모른다는 의사의 의심을 받았고. 그러자니 갑자기 저것들이 마음에 걸렸다. 자신의 원고를 태웠던 허난설헌이나 태워 달라 부탁했던 카프카가 이해되기도 했다. (줄임)

그냥 나를 쏟아 놓은 기록들, 나를 언제든 과거로 데려다주는 매개체였던 이것들, 이것들은 그러나 딸들에게 보이기조차 힘든 기록이니 내가 죽은 후에라도 공개하고 싶지 않은 기록이며, 사실 아무도 관심조차 없을 기록일 텐데. 저승이 있다면 함께 가져가 거기서도 내내 읽고만 싶은 내 벗이지만.

내가 죽으면 나를 화장시킬 때 같이 태워 달라고 할까, 아니다, 그건 너무 아깝다. 최소한 내 삶의 기록이 내 딸들에게만은 안 살아 본 하나의 삶의 간접 체험이라도 되기를 바라니까. 둘 다 읽고 나서 태워 달라고 해야 하나……. 하하, 공간이 재산인 이 사회에서 이제 한 자리를 차지하는 내 일기장 더미는 재활용의 대상일지도. 그러고 보니 재활용장에 버려진 일기장을 읽어 가는 소설도 쓸 수 있겠다.

2015. 7. 25. 토

이렇게 나는 마지막 꿈과 마지막 고민 사이에서 여전히 오늘도 즐겁게 일기를 쓴다.

부록 ————————

일기,
살짝 들춰 보다

이럴 줄은 정말 몰랐다. 본문에 인용한 일기 말고도 부록까지 만들어 내 일기를 이렇게 많이 싣게 될 줄이야! 누가 시킨 것도 아니고, 나 스스로!

사실 살아오는 동안 겪은 크고 중요한 일들에 대한 일기는 거의 올리지 않았다. 삶의 부스러기 같은 기록들, 무엇보다 글 쓰는 사람으로서의 성장과 갈등, 쓰면서 느끼는 감정, 작업 과정 등에 대한 일기를 많이 올렸다. 너무 그런 얘기만 올리면 일기라는 느낌이 들지 않을까 봐 삶의 이야기들도 조금은 보탰다. 시간 순서대로 올렸으니 그대로 읽다 보면 한 사람의 삶이 어렴풋하게 보일 것도 같다. 하지만 앞에서 얘기했듯 일기가 불러올 왜곡도 적지 않으니 나는 이 일을 후회하게 될지도 모르겠다.

책 끝에 이 부록을 붙이면서 새삼 깨달은 건 내가 이 책을 쓰면서 이 세상에 나라는 사람을 많이 드러냈다는 것이다. 나를 드러내는 게 두려워 허구의 세계로 늘 숨었고, 글 쓸 때 이름도 두 가지로 나누어 쓰기도 했는데 가장 내밀한 '일기'라는 속살을 이렇게 세상에 내놓다니 어쩌다 이렇게 된 건지 당황스럽기도 하다. 그러나 마음 한편에서는 '이제는 세상에 나를 드러내기를 두려워말자'는 생각도 꿈틀거린다. 세상에는 너무나 다양한 사람이 산다. 나는 그들 가운데 한 사람일 뿐이며, 무엇보다 세상은 나에 대해 그만큼 관심이 없다.

겁도 나지만 조금 설레기도 한다. 까짓것, 드러내 보자. 그런 용기가 생긴다. 이제 나도 세상에 대해선 굳은살이 많이 생겼으니까.

이 부록이 '일기를 쓰고 싶다'는 생각을 조금이라도 불러일으킬 수 있기를 간절히 바라며 나의 일기장들을 살짝씩 들춰 본다.

언제나 파란 꿈을 안고 있는 천사 언니에게

언니! 나 요사인 정말 친구들이 보고 싶어. 그들이 평소에 아무리 미웠던 아이라도, 이제 개학이 되어 일주일만 공부하면 헤어질 것을 생각하니까 그래. 지금은 그 모든 것이 아름다운 추억으로 부활하여서 그 모든 것이 그립고 후회스러워져.

언니! 세월은 퍽 빠르지? 아직도 어렸을 때의 내 모습이 생생한데 또 하나의 내가 탄생하다니……. 그리고 인생은 무의미해. 그렇지? 나서 죽고, 또 나서 죽고……. 하지만 그 짧은 인생을 보람 있게 사는 것이 오직 우리의 할 일 같아. 언니! 모파상의 말이 생각나. '인생은 사람들이 생각하는 것처럼 그렇게 기쁜 것도 슬픈 것도 아니다'라는 말이…….

1973. 1. 7. 일

달의 연인인 연꽃처럼 깨끗한 마음을 지닌 천사 언니에게

언니! 나 요새 새로 글을 하나 써. 제목은 아직 안 정했는데, 내가 매일 상상하던 걸 조금 다듬어서 쓰는 거야. 여주인공 모델은 나야. 하지만 진짜 나보다 좀 좋게 표현했어. 얼굴도 아름답고, 날씬하고, 고운 목소리를 갖고…… 등등 외모를 좀 더 아름답게 표현했어. 그리고 남자 주인공은 내가 상상해 낸 가공의 인물이야. 내가 저번에 S한테 실망하고서 만들어 낸 인물이야. 운동을 잘하고, 목소리가 좋고, 나이가 많다는 점은 비슷하지만 S처럼 진실되지 못하고, 치사하지는 않아. 이 인물은 아주 진실된 사람이야. 내가 만들어 낸 인물에게 내가 실망하지 않기를 빌어. 저번에 〈진실한 인생〉을 지을 때, 난 내가 만들어 낸 인물인 한세환한테 실망하지 않았어? 그러니까 이번만은 힘을 기울여서 좋은 글을 만들어야지.

1973. 2. 20. 화

교실에 들어가면 정말로 보기 싫은 얼굴만 있고, 단조로운 공부…… 등 정말, 한마디로 싫은 생활이야. 그 보기 싫은 아이들, 서로를 헐뜯고, 서

로 싸우고, 토라지고……. 그 아이들에게 나는 다정히 대해. 화나는 것, 신경질 나는 것, 자존심을 모두 억누르고. 이러니 답답할 수밖에……. 24시간이 지나가 버리면 그냥 하루가 지났구나, 반성도 계획도 없는 너무나 안타까운 생활이야. 이제야 중고생들이 왜 자살을 많이 하는가를 알게 된 것만 같아. 이토록 맹목적인 생활을 하자니…… 나도 죽고 싶을 때가 많아. 난 인생이 얼마나 아름다운 건데 그들은 죽으려 하냐고 그들을 퍽 비웃었는데…….

1973. 4. 4. 수

수목의 정이 속삭일 즈음…….

밤…… 아름다운 수목의 정들은 서로, 낮의 즐거웠던 일들을 속삭이고 있겠지. 마당의 라일락 나무의 정은 봄날 그 활짝 피었던, 아름다운 향기를 풍기며 꽃 피던 그 한때를 생각하고 있을 거야. 개가 짖고 있어. 밤이 깊었어.

1973. 5. 20. 일

언니! 또다시 내 생활은 잿빛으로 물들고, 아주 간혹 가다 약간의 핑크빛으로 물들 정도……. 세상이 귀찮아진 사춘기의 소녀처럼—사실, 그럴지도 모르지—이리저리 방황하고 싶은 마음……. 이미 사춘기는 지나간지 오래라고 생각하는 건방진 나!

1973. 6. 25. 월

제발 날 이대로 두지 말아 줘. 6학년 때의 겨울방학 때처럼 모든 일에 삶의 기쁨을 느끼는 소녀가 되게 해 줘. 부탁이야, 응?

1973. 7. 23. 월

《킬리만자로의 눈》 중에서—헤밍웨이 단편집이야—〈흰 코끼리와 같은 언덕〉을 읽었는데 도무지 뭘 말하려는 건지 모르겠어. 줄거리도 뚜렷하지 않고. 읽고 나니 약간의 허탈한 감정 같은 게 들긴 드는데, 분명하게 뭘 말한다고 꼬집어선 말 못 하겠어. (줄임)

어떤 기분인가 하면, 태양이 흠뻑 내리쬐는, 바람 한 점 없는 따분한 일요일 오후, 그런 기분이 들어.

1974. 1. 1. 화

드라마센터에서 연극 〈하멸 태자〉를 보았어. 〈햄릿〉을 완전히 우리화한 건데, 가슴이 뻐근하게 잘 되었더랬어. 참으로, 연극이라는 것이 종합예술임을 입증해 주는 극이었어. 노래와 춤까지도 완전하다시피 한 연기. 심장 가까이로 그대로 파고들 정도로 우리와 호흡이 맞았더랬어.

1976. 10. 28. 목

나는 지금 필요 이상으로 외로워하는 건 아닐까? 그래서 무턱대고 나의 의지를 누르려 하는 건 아닐까? 그러나 이 행복한 기분. 그만 몸을 사리고, 아무나 만나 봐야지 하고 결심한 순간에 내게 나타난 사람. 그는 정말 때를 잘 골랐다고 할 수밖에 없다. 불과 며칠 전이더라도 나는 모든 만남을 회피했었을 것이다. 아무리 좋은 사람일지라도. (줄임)

사실 나는 너무나 외로웠다. 지독히도 몸을 사리고 있었고 (줄임) 지쳐 있었다. 누구라도 함께 하고 싶었다. 스물의 아름다운 겨울을 혼자로 보내고 싶지 않았다. 그래서 나는 그의 전화를 기다렸다. 첫 전화에 만나기 싫다고 말한 걸 후회하면서.

1979. 11. 15. 목

지난날이 생각난다. 그 시절 나는 나의 성 속에서 세상을 아름답게 파악하고 있었고, 간혹 그 세상의 잔인함과 불공평과 맞닥뜨릴 때는 단지 절망했을 뿐이었다. 내게는 아무런 대책도, 아무런 힘도 없었으니까. 대학에 들어와서 본질적으로 그런 사실들에 더 자주 부딪히면서도 나는 답답하기만 했고, 그런대로 착하게, 애써 살아온 나에게서 위안을 찾았을 뿐이었다.

그러나 이제는 다르다. 나는 이 세상의 모순과 부딪힐 때 떨지도 않고, 답답해하지도 않는다. 나의 힘을, 나의 가능성을 나는 충만하게 느낀다. 내가 무언가를 할 수 있다는 자신감은 세상을 살아갈 보람을 느끼게 해 준다. 기쁨이기도 하다.

1980. 11. 6. 목

임신 6개월은 기실 위로받고 아낌받아도 부족할 것 같은 기간인데 나는 한 마디 위로의 말도 없이 종일을 다른 사람들을 위로하고 시중들며 지낸다. 하긴 사치스러운 불평이다. (줄임) 오늘 병실을 나서는데 엄마가 정 끓는 목소리로 "네가 애쓴다" 한마디 하니 당장 콧잔등이 시큰거린다. 누구에게고 매달려 하소연하고 울고 싶다. 그러나 아무에게도 말할 사람이 없다. 그리고 말하지 말아야지. 남의 하소연이라는 건 지겹고 피곤할 뿐이다. (줄임) 혼자 모든 것을 삭이자. 이만하기가 얼마나 다행인가.

1982. 6. 23. 수

당장은 어떻게 살아야 하는가. 아버지 일기장의 끝 구절, '인생의 꿈이 사라진 언덕에는 황량한 뼈만 남아 있다'. 긴장하고 살아야 한다. 그런데 몸이 따라 주질 않는다.

1984. 9. 25. 화

소설은 한번 손대기 시작하니까 쓸거리가 무궁무진하다. 아쉽고, 절실히 필요한 건 나만의 시간. 모든 것에서 벗어나 독서와 글을 쓸 수 있는 시간, 하루 서너 시간만이라도. 그런 시간을 위해서라면 감옥에라도 가고 싶을 지경이다. 무의미한 일을 위해서 소모되는 시간들이 가슴을 에

인다.

1985. 10. 28. 월

아무것도, 아무것도 없다. 난 그저 쥐뿔도 없는 자존심만 너덜거리며, 조그만 오욕도 견뎌 내지 못하고, 어느 날 문득 위대해질 것 같은, 어느 날 불쑥 위대한 작품이 써져 있을 것 같은 몽상 속에서 살아왔다. 아무것도 없다. 어렵게 얻은 구성작가 자리도 내 손으로 던졌다. (줄임) 내 글에 대한 자신도 점점 사라지고, 도대체 읽고 쓸 수 있는 조건을 만드는 데 회의가 생긴다. (줄임) 나는 세계를 보는 눈이 있는가. (줄임) 나는 끊임없이 일을 병행해 왔지만, 이제 와 생각하면 모든 게 아마추어였다. (줄임) 어느 것도 프로답게, 진정한 프로답게 해 오지 못한 것이다. (줄임)
적당히 살아서 얻을 수 있는 건 적당한 삶뿐이다.

1992. 1. 23. 목

오늘은 목요일, 애들과 함께 있어 주기로 약속한 날, 하루가 편안하다. 집 치우고, 밥 먹이고, 누워서 잠시 쉬고……. 애들은 내일 시험이라고, 민이는 95점이 안 넘으면 저 혼자라도 엎드려뻗쳐 30번을 하기로 정했다고. 엄마가 생전 공부하라고 안 하니 자기라도 뭔가를 정해야 되어서 그랬다고 한다. "이상한 엄마 만나서 내가 고생이야" 하면서. 공부를 아직은 지겨워하지 않는 게 어딘가. 그게 내가 겨우 얘네들에게서 관철해 낸 성과이다. 비, 천둥, 번개……. 그래도 애들과 있으니 아늑하다.

1992. 10. 29. 목

겨우겨우 버틴 시간들. (줄임)
늘 이런 식으로 살다 그냥, 쓰고 싶은 것들도 다 못 쓰고 죽으면 어쩌나 싶어 혼자 밤에 깨어 울기도 했고.

1993. 8. 1. 일

《영혼의 집》, 이 책은 내게 '책' 이상의 것이었다. 한마디로 운명의 책이랄까, (줄임) 나는 이 속의 모든 여성들과 공통점을 느꼈다. (줄임) 그 일치감과 유사성은 내게 무엇보다도 큰 힘을 주었다. 지금껏 내가 무시당해 오고, 스스로도 억눌러 왔던 내 영혼의 숱한 요소들이 갑자기 우리를 열고 달려 나오는 것만 같았다. 타인의 눈으로 나를 보고, 그래서 나 자신조차도 인정하려 하지 않던 그런 요소들이 갑작스레 당당한 나의 한 부분으로 스스로를 주장한다. 그런데 그것이 나는 기쁘다. 비로소 진정한 나를 찾은 기분이다. (줄임)

문학적 감동에 앞서는 이러한 일치감들 때문에 나는 한동안 이 책을 객관적으로 보기 어렵겠지만, 이 책은 내게는 너무나 감동적이고 소중한, 영감도 풍부하게 주는 책이었다. 나는 위로받고 힘을 얻었다. 특히 바로 이 시기에!

1994. 2. 10. 목

오늘 나갔다 오면서 본 초저녁달, 금방 물에서 씻고 나온 듯 물기가 스민 함초롬한 맑은 달. 붉은빛이 퍼진 하늘과 검은 산 사이로 불빛으로만 기차가 달려갔다. 나무들은 의지의 힘으로 겨울 속에 서 있었다.

1994. 12. 15. 목

여기 온 지 나흘째, (줄임) 식구들에게 밀어 놓고 지내는 이 시간들. 오늘은 다시 조여서 이제 본격적인 작업에 들어가자. 해낼 수 있을까. 해낸들 무슨 의미가 있을까 하는 우려가 나를 사로잡고 막막하게 만들지만 그 과정의 충일함, 그리고 새로운 인간을 만들어 내는 기쁨, 털어놓아야만 자유로워질 내 영혼만 생각해도 그 의미는 충분하다. 오늘 내일 이틀이 남았다. 꿈같은 춘천, 꿈같은 내 방에서. 그리고 서울의 삶에선 현실과 일상을 살자.

1997. 9. 11. 목

괜찮다. 무엇보다도 그 빈둥거림 덕택으로 소설이 풀리는 게 좋다. 드디어 풀린다. 구상을 미리 하려니 그렇게 안 되더니 그냥 읽어 가며 손보기 시작하니까 비로소 이야기가 무르익는다. 이제는 내가 내 글에 가지는 반감이 훨씬 약해졌다. 손이 써지는 단계가 되었다. 이제 나는 믿고 매달려만 있으면 된다.

1997. 9. 26. 금

어젯밤에, 22년 만에 《안나 까레니나》 1권을 다시 읽었다. 참 좋았다. 열여섯 살 그때, 나는 그녀에게 얼마나 빠졌던가. 이제 다시 만나는 안나는 내게 처절할 정도로 매력적이다. 그녀의 모든 고통과 그 상황을 나는 서른여덟의 여자로 동시 체험한다. 이제 읽으니 열여섯 때와는 달리 톨스토이의 한계도 보이고, 그런 소설 기술이 지나치게 세밀한 데까지 묘사하고 있다는, 현대의 눈으로 볼 때의 비판 의식도 생기긴 한다. 그러나 아직도 감탄과 경이 쪽이 훨씬 강하다.

1997. 9. 27. 토

오늘은 원래 집필 계획이 없었는데 (줄임) 앉은 자리에서 50장을 썼다. 이제 900장이 되었다. 지금 약간 흥분 상태다. (줄임) 손이 썼다. 전혀 내가 예상치 못했던 내용, 온몸이 짜릿하다. (줄임)
그러나 이런 걸 적는 건 이런 내가 우스워서이다. 늘 있어 온 일이다. 이렇게 손이 쓰는 상태를 겪고 나면 내용과 상관없이 나는 늘 흥분해서 걸작을 썼다고 생각하는 것이다. 내일 보면 어떨지 모른다. 그러나 지금은 그냥 이 흥분에 오롯이 젖고 싶다. 내가 만드는 인물이 이만큼이나 생기를 띠게 되었는데, 이만큼이나 붉은 피가 선연히 돌기 시작했는데…….
가슴이 두근거린다. 그냥 지금 이 순간은. 이러는 내가 우스워도 이 황홀경에 젖어 있자. 이 맛에 소설 쓰는 것 아닌가. 그렇게 지겹고, 인간에게 적합지 않은 일을 꾸준히 참고 해내는 건 복병처럼 숨은 이런 희열, 자아도취의 순간들 때문인걸. (줄임) 내가 훌륭한 작가라는 느낌이 드는 이 순간, 내일 아침 다시 읽어 보면 처참의 나락으로 떨어진다 할지라도 나는 너무 좋다, 지금 이 순간이.

1997. 11. 23. 일

공모에 떨어진 후유증이 크다. 의식은 그걸 인정하지 않으려 하지만 어느 순간 무방비 상태일 때면 유리 조각으로 가슴을 확 그어 내리듯이 온몸으로 아픔이 올 때가 있다. 나와 내 작품의 존재 가치에 대한 회의……. 나는 평범한 작가에 불과할지도 모른다는. 세상에 온통 무시당하고, 그것이 또한 당연한 초라한 작가……. 초라하고 초라하다. 그러나 (줄임) 자신을 너무 깎아내리지는 말자. 객관적으로는 보되 오히려 도피일 수도 있고, 어리광일 수도 있는 그 자기모멸, 자기 가치 절하의 늪으로 나를 빠뜨리지는 말자.

1998. 2. 17. 화

90년대의 일기도 오늘 드디어 다 읽었다. 무엇보다도 90년대는 내가 글을 쓰기로 천명하고, 그 길로 발 디딘 시기였다. 어쨌든 조금씩은 나아갔고, 무엇보다도 아이들을 이만큼이라도 키워 냈고, 내 삶의 가장 정수 같은 것들을 보낸 시간이었다. 그리고 새삼 깨달았지만 《저녁의 편도나무》를 내내 붙들고 끝내 완성한 시간이었다. 지나고 보니 모든 게 쉬워 보이지만 참으로 힘들고 막막하던 시간들…….

1998. 10. 4. 일

겨우겨우, 일에 치이고 치이다, 미루고 미루다 겨우겨우 이곳, 나의 땅 춘천에 도달했다. 늦은 저녁차를 타고 와 어둠 속을 달려오는 기분이 더 간절했다. 한 세상의 터널을 지나 다른 세상으로 옮아가는 듯한. 춘천, 나의 땅, 또 하나의 내가, 본질의 내가 숨 쉴 수 있는 곳. 겨우 목요일까지가 내게 허락된 시간이지만, 아니다, 그렇게 많이 주어진 시간.

1998. 10. 26. 월

다시 아침이다. 벌써 열 시 반, 밥을 짓고 있다. 어제는 기차 타고 내려오면서 레마르크의 《리스본의 밤》을 다 읽었다. (줄임) 한 권의 책을 다 읽고, 다음엔 무슨 책을 읽을까 고르는 행복한 순간, 내 삶의 아늑한 불꽃 같은 순간.

1999. 1. 22. 금

내 나이 마흔에 최고로 기뻤던 일은 우리 민이가 특차로 K대 국문과에 합격한 일이다. (줄임) 아이 고3 때 노점상이란 걸 부모가 갑자기 시작해 도시락도 잘 챙겨 주지 못하고, 밥도 제대로 차려 주지 못했는데, 우리 민이, 매일 야자 빼먹고 집에 와서 TV만 보는 것 같았는데, 이렇게도 쉽게 대학에 들어가 주었다. K대 국문과가 내게는 서울대 법대보다 높게 여겨진다. (줄임)

'상처 입지 않고 새 날개를 달 수 있도록', 그것이 내 바람이었는데, 그 소원이 이루어졌으니 아무것도 더 욕심을 못 내겠다. 우리 민이, 아픔도 많이 겪고, 그렇게도 가진 재능이 풍부한데도 하나 키워 주지 못하는 부모 만나 좌절감도 많이 겪었을 우리 민이가 이 새로운 날개를 달고 그 모든 것이 자양분이 되어 풍부하게 꽃피고, 높이 비상했으면. 이곳에서 비로소 진정한 스승, 가슴 통하는 벗, 근사한 배필을 다 만났으면. 그 아이의 대학 시절이 진정으로 빛나는 것이기를, 그동안 못다 한 것까지 다 합쳐서……. 원이도 무용으로 제 진로를 굳히고, 학원도 바꾸고, 작품도 시작했다. 작품비 못 내게 될까 봐 가슴을 졸였는데, 연말에 운이 풀려 다 잘 해결되었다. 원이, 제 복이다. (줄임) 고맙고 고마운 내 새끼들, 자랑스럽고 대견하고, 늘 나를 감탄케 하는 나의 존경스러운 친구들.

2000. 2. 6. 일

《마지막 박쥐 공주 미가야》가 기획위원 전원 일치의 호감을 얻은 게 최근 들어 나의 가장 기쁜 일이다. 참 기쁘다. 내가 스스로 좋게 본 글이 타인들에게도 좋았다는 게 정말 기쁘다. 오래전에 쓴 앞장의 일기를 읽으니 더욱 그렇다. '늘 내 글은 모욕받고, 굴러다니고 오랜 풍파를 겪어야 했지만 이 글만은, 아니, 이 글부터는 안 그랬으면', 이제 정말 안 그럴 것이다. 이 글부터는 환영받고, 사랑받고, 존중받고, 대우받을 것이다. 다음 주 초에 계약하러 오라니 가서 계약하고, 다시 말끔하게 다듬어 낼 것이다.

2000. 8. 14. 월

엄마가 많이 늙었다는 생각이 든다. 가엾다. 잘해 드려야 되는데도 자꾸 짜증만 나고.

노래방에서 앞에 나란히 앉은 민이와 원이를 보니, 어찌나 어여쁘게 잘 자라 줬는지 목이 메었다.

2001. 1. 25. 목

이제 조금씩 우울증에서 벗어나는 기분이 든다. 어젯밤부터 비교적 잠도 푹 자고. 물론 아직도 여러 가지 변수가 있고, 실질적으로 해결된 게 없기 때문에 이러한 회복이 일시적일 수는 있다. 그래도 서서히 바다 밑에 잠겼던 몸이 수면을 향해 떠오르는 기분이 든다.

2001. 2. 24. 토

이즈음 내 가슴속을 뿌듯하게 채우는, 이 이유를 알 수 없는 자부심은 대체 무엇이고, 어디서 온 걸까. 알 수 없지만 그로 인해 나는 충만한 느낌을 받는다. (줄임) 그냥 길을 가면서도 마음이 즐겁다. 무언가 때가 무르익은 느낌, 곧 출산을 앞둔 산모처럼, 머지않아 내 마음에 꼭 차는 근사한 글을 써낼 것만 같은 느낌. 어떤 대단한 작가의 글을 읽어도 그런 느낌으로 조금도 기죽지 않고……. 참 좋은 느낌. 공모에 떨어졌는데도 이런 느낌을 받다니. 오히려 상처에 대응하여 내 무의식이 방어를 한 걸까.

2001. 11. 27. 화

온 집 안 청소도 했다. 몹시 개운하고, 무언가 새로운 삶이 눈앞에 펼쳐진 느낌이 든다. 무엇일까, 이 기분 좋은 예감은! 무언가 낡은 것들을 떨치고, 새로운 것들을 만날 것만 같은 기분. 어제 문학 출판사의 그다지 유쾌할 수 없는 얘기도 왜 이리 상쾌한가. 마치 내가 그 모두를 내려다보는 기분이다. 교만일까, 자부심일까. 어쨌든 나같이 '비참한' 처지에선 이런 교만도 애교스러우리라. 그런데 나는 정말로 기분이 좋다. 내가 나의 가치를 잘 모르고, 저 아래쪽을 기웃거린 걸 깨달은 것만 같다. 정말 그렇다. 내 속의 무엇인가가 개화 직전의 아름다운 긴장을 뿜는다. (줄임) 지숙이에게 마음 상하지 않게 '단절'을 얘기한 것도 기분 좋다. (줄임) 비로소, 비로소 숨을 쉴 것 같다. 남한테 간섭받고, 내 생활이 낱낱이 공개되고, 무엇이든 나누는 걸 나는 얼마나 피곤해하는가. 내게는 비밀, 은밀, 그런 것들이 절실히 요구된다. 그렇지 못할 때 나는 견디지를 못한다. (줄임) 그래서도 이렇게 단절의 시간을 선포해야 하는 것이다. (줄임) 이런 시간이 없다면 결국 나는 그 애를 증오하게 될 것이다. 그걸 막는 것이니 언젠가는 넓은 마음으로 이해하겠지.

2001. 12. 2. 일

마음이 좀 아픈 건가? (줄임) 잡지에 실린 활자화된 평을 읽고 나서 나는 좀 헤매고 있는 것 같다. 날은 잔뜩 흐리고, 산은 웅숭깊고, 나무들은 그윽했던 오늘, 그 쓸쓸한 길을 잊지 말자. (줄임)

뼈아프게 이 수모를 받아들이고 싶다. 그래 봤자 나의 오기가 얼마나 가겠는가. 독기가 모자라다는 나지만 이번만은 청산가리 같은 독을 품고 싶다. (줄임) 내가 인정하고, 내 마음에 드는 글을 쓰는 것이라면 남들의 평가는 상관이 없다. 그래, 그랬는데, 정말 개운하고 후련했는데, 그랬는데도 (줄임) 모욕적인 평들에 나는 꽤 상처를 입었나 보다. 혼자 굴속에 들어와 상처를 핥는다. (줄임) 나는 속으로 이런 감정을 이용하고 싶은 것일까.

2001. 12. 3. 월

밤에 모처럼 온 식구가 모인 것 같아 옛날처럼 마루에 이불 다 깔아 놓고 함께 잠. 새로 솜 탄 요 깔고, 이불 덮고. 새벽까지 옛날 얘기하며 떠들다 잠. 아이들의 추억 속에서 망가지는(?) 내 모습까지도 좋았던 잊을 수 없는 밤. 〈원더풀 라이프〉 영화의, 이 세상에서 마지막 가져가고 싶은 행복한 한순간으로 삼고 싶을 만큼.

2002. 1. 8. 화

정말 너무 힘들다. 힘들어 죽겠다. 내가 죽고 나면 내가 얼마나 힘들었는지 다들 조금이라도 알아줄까. (줄임)

애들이 텔레파시가 통했나, 차례로 전화를 한다. 그래, 내가 힘을 내야지, 얘네들, 얼마나 고마운 애들인가. 그래도 힘이 든다. 지친다…….

2002. 8. 23. 금

오랜만에 소설이 풀려서 너무 좋다. 새로 시작해서 겨우 실마리가 풀렸다. 또 혼자 울면서 썼다. 잘 쓸 수 있었으면, 아직 다 자라지도 못한 채 죽어 간 소년의 삶, 그리고 그 소년의 삶과 죽음을 새긴 채 살아가는 소녀의 삶, 그런 걸 잘 그려 냈으면.

2003. 6. 11. 수

오늘은 속이 많이 상했다. 어떻게 해도 카드를 막을 수 없었다. 할 수 없이 또 지숙이한테 돈을 빌리는데 참을 수 없이 눈물이 났다. 한참을 엎드려 엉엉 울었다. (줄임)

어딘가로 도망가 버리고 싶은 생각밖에 들지 않았다. 하지만 어쩔 것인가. 나는 도망도 칠 수 없는 몸이다. 언제나 이 고리에서 벗어날 수 있을지 몰라도 지금은 물고 늘어져야만 하는 것이다. (줄임) 내 힘든 모습 아무에게도 보이고 싶지 않아서 당분간 아무도 안 만날 생각을 했다.

2003. 12. 16. 화

《어느 날 내가 죽었습니다》를 최종 수정해 넘겼다. 이제 내 손을 떠난 글, 눈 내릴 땐 못 나와도 벚꽃 날릴 때 나오면 좋겠다. 그래서 혼자 양주 두어 잔 홀짝였고.

2004. 3. 3. 수

이제는 정말 다른 것들을 정리해 내고 글을 써내고 싶다. 번역은 충분히, 지칠 만큼 했다. 이제는 다른 세계로 들어서고 싶다. 그 창작의 기쁨을, 그 몰입의 절정감을 나는 도무지 잊을 수가 없다. 그리고 내가 집중해서 해낸다면, 나는 누구 못지않은 좋은 글을 써낼 수 있으리라 확신한다. 왜냐면 나는 내 혼자의 힘으로 쓰는 게 아니니까. 나를 통로로 삼은 그 무수한 영혼들의 한과 사무침과 아우성이 함께 쓰는 것이니까.

2004. 3. 26. 금

이런 기분, 얼마 만에 맛보는가. 〈폭설〉을 50장까지 썼다. 아무런 준비 없이, 오직 대천에서 만났던 그 폭설의 이미지 하나로 시작해 두었던 소설을 여기 와서 실마리를 풀어 전개해 나갔다. 앞 문장이 뒤 문장을 부르면서, 벽돌 쌓듯, 그러나 어떤 집이 만들어질지 모른 채 나가는 작업.

2004. 7. 7. 수

물소리 청량하고, 햇살 환하다. 여기 와서 처음, 해가 쨍 났다. 현란 씨는 고사리를 내다 말린다. 살다 이런 날들이 있다. 물론 모든 걸 미루고 있는 거지만.

새벽에 〈폭설〉 초안을 마무리지었다. 죽어도 안 풀릴 것 같았는데, 그예 꿈치고 앉아 있었더니 슬슬 풀려나갔다. 글은 책상이 쓰는 거다. 도망만 안 치면 쓸 수 있다. 쓸 때마다 느끼는 거지만. 소설이나 되는 건지, 흔해 빠진 어디서 본 듯한 인물인지, 뻔하고 상투적인 글인지. 모르겠다. 그래도 기쁘다. 또 새로운 사람들을 토해 낸 게 기쁘다. 그 쓸쓸한 영혼들의 한 자락 그려 낸 게 기쁘다. 특히 이 글은 쓰는데 자유롭고 홀가분했다. (줄임) 열아홉, 스무 살의 주인공들은 나이만으로도 나와 달라 나는 끝없이 자유로웠다. 이렇게만 해 갈 수 있다면 나도 쓰고 싶던 것들 잔뜩 쓰고 죽을 수 있을 텐데, 얼른 원주 생활 매듭짓고, 먼 곳으로 이사가든가 어떻게든 짬을 내어 몇 달에 한 번은 이런 시간을 갖든가 해야겠다.

2004. 7. 9. 금

내 방에서는 달이 떠서 지는 모습까지 다 보인다. 동쪽 산의 능선이 희부옇게 밝아 오면 조금씩, 마치, 산이 달을 낳듯이, 달이 떠오른다. (줄임) 황금빛으로 빛나는, 살이 통통한 육쪽마늘 같은 모습으로 떠오르는 달, 아니, 산이 밀어내는 달, 그것은 정말 달을 낳는, 출산의 장면이었다.

2004. 10. 4. 월

그렇게 새 마음으로 시작해 첫머리 글을 풀었다. 이 책은 처음 생각과는 달리 전체가 하나의 유기체 같은 허난설헌 이야기 책이 되겠다. 시집이라도 동화책처럼 읽을 수 있는.
그래도 첫머리가 잘 써졌다. 내 진심이 잘 풀려나오는 것도 같고, 무엇보다 허난설헌이 내 속에 깃든 느낌이 조금 든다.

2005. 11. 21. 월

많이 했다. 아직 초안도 다 하려면 멀었지만 그래도 많이 했다. 힘들다.

내일 일찍 가야 하니 자야 할 것 같은데 지금 이렇게 물이 올랐을 때 해내지 못하면 또 맥이 끊길까 두렵다. 이제는 정말 이 일에 흠뻑 빠져들었는데! 무언가 조금이라도 허난설헌의 넋을 위로할 수 있는 책이 될 듯도 싶다. 나의 도취일까, 그래도 나는 다시 나 자신의 어떤 것―그것이 무엇인지 이름 붙이긴 힘들어도―을 믿게 되었다. (줄임)

《스물일곱 송이 붉은 연꽃》이라는 제목은 그가 내려 준 제목이다. 어제도, 오늘도 몇 번이나 그가 내 속에 들어온 것을 느꼈다. (줄임) 조금만 더 해서 초안만 마무리 짓자.

2005. 11. 22. 화

초사흗날. 가기 싫어 망설이다 H 문학상 시상식에 갔다. 거길 가기 싫은 게 아니라 어디고 사람들 모인 데 가기가 싫다. 그런 데 가면 나는 저절로 웃고 떠든다. 내 속의 허황함과 상관없이. 그게 힘들고 싫다.

2006. 1. 31. 화

겁내지 말고 이 길을 가야 하는 걸까. 행복하다면 기쁨을 얻을 거고, 고통을 얻는다면 성장할 것이다. 어느 쪽이든 나쁜 쪽은 없다.

2007. 9. 13. 목

그래, 어쩌면 세상은 다 나를 그렇게 생각하고 있는지도 모른다. 내 앞에서 고개를 끄떡여도, 그런 사람들까지도 그렇게 생각하는지도 모른다. 하, 어이가 없구나. 기가 막힌다. (줄임) 다시금 피가 머리로 솟는다. 나랑 상관없는 사람 때문에 왜 다시 이런 고통을 겪어야 하는가. 기대할 것도 없고, 실망할 것도 없는 사람인 것을. 세상이 나를 어떻게 보든 상관없지 않은가. 나는 내가 아닌가. 나의 진실을 나는 알고 있지 않은가. 그거면 된다. 그거면 되는 것이다. (줄임) 내가 왜 세상의 그 천박한 오해 따위에 휘둘리고 상처받아야 하는가. (줄임) 내 운명을 사랑하고, 내 운명의 나가는 방향에 흥미를 보이는 나라는 여자, 나는 이 여자의 삶이 (줄임) 마음에 든다. 그렇다. 나는 내가 좋다. 세상은 마음대로 떠들게 놔두자. 내가 세상에 대해 떠드는 것보다는 그들이 나에 대해 마음대로 떠들게 놔두자. 나는 그 시간에도 조용히 생을 엮어 나갈 것이다.

2008. 10. 6. 월

너무 내 속을 털어놓는 짓은 하지 말자. 말을 해서 이해받으려고 하는 짓이 얼마나 허망한 것인지는 매번 깨닫지 않는가. 이해받고 싶어 하는 나의 욕망도 일종의 갈애인지도 모른다. 나 자신도 제대로 알 수 없는 나를 누구에게 이해받는단 말인가.

2009. 1. 31. 토

나는 비겁하게 모든 것을 밀어내기만 했고, 겁만 먹었고, 결국 내 인생은 제대로 불타지 못한 채 이렇게 그을음만 일었다. 결국 내 소설은 내 삶을 드러내는 것이리라.

2009. 2. 20. 금

어제 전시회에서 받아 온 박경리 선생의 추모집 《봄날은 연두에 물들어》를 읽어 나가다. 새삼 선생의 위대함에 고개가 숙여지고, 내 젊은 날을 사로잡던 그분의 문학적 열정과 기개가 다시금 나를 자극했다. (줄임) 인생의 이 시점에서 이곳에 오게 된 인연을 생각해 보자. 나를 기억하시지도 못하겠지만 그래도 선생의 깊은 가호가 느껴진다. 《어느 날 내가 죽었습니다》를 마무리 짓게 해 주어 나를 깊게 도와준 이곳, 따지고 보면 그전에도 내 인생의 새 전환을 이룬 곳이 아니던가. 장사하던 나에서 글 쓰는 나로 돌아서게 해 준. 이번에 토지는 또 내게 어떤 의미가 될까. 그토록 선생을 흠모했기에 내가 누리는 은총일지.

2009. 5. 10. 일

오면서 여러 가지 생각이 들었다. 나는 아무래도 아이들의 인정과 사랑에 깊이 의지하고, 힘을 받으며 살아온 것 같다. 딸들에게 비판을 당하는 일은 머리로는 기뻐도 하고, 이해를 하면서도 마음이 좀 아프다. (줄임) 쓸쓸하기도 하고, 자유롭기도 하고.

2009. 9. 25. 금

엄마가 무사히 수술을 마치셨다. 얼마나 마음을 졸였던지. (줄임) 온몸에서 힘이 빠진다. (줄임) 수술실에 엄마를 넣자마자 쏟아지던 눈물. 다른 결과가 나왔다면 나는 제대로 살 수 있었을까.

2009. 10. 19. 월

그래도 나는 지금이 내 인생에서 여자로서 가장 아름다운 한때인 것만 같다. 온갖 것을 다 거쳐 이제 손자까지 얻은 노년의 초입에서 (줄임) 내 일이 있고, 내 일에 대해 아직 깊은 꿈을 지니고 있는 나, 이 시점이 내 인생의 또 하나의 터닝 포인트라고 생각한다. 멋진 터닝 포인트이길, 내가 생각도 못한 근사한 삶이 나를 기다리고 있기를.

2010. 4. 23. 금

신시아 라일런트의 《멋진 열두 살》은 '역시!' 하는 감탄을 주었다. 깊이 있는 동화란 특별한 사건이 아니라 평범한 인생의 어느 면도 도망치지 않고 써내는 것인지도 모른다.

2010. 9. 13. 월

〈바흐 이전의 침묵〉은 생각과는 다른 영화였고, 전혀 무슨 얘기인지 감을 잡지 못하겠다. 영애가 졸면서 봤다는 게 이해가 갔다. 그런데도 나는 흥미롭게 보았다. 바흐를 워낙 좋아하니까 그의 음악을 간간이 듣고, 그에 대한 얘기를 조금 듣는 것만으로도 괜찮았다. 그러나 역시 오리무중의 영화다. 그래도 '바흐가 없었다면 신은 3류에 머물렀을 것이다'란 말은 공감이 갔고, 이 영화를 보면서 나 자신에 대해 많은 생각을 한 게 좋았다. 나는 왜 바흐를 좋아하는가. 하다못해 어렸을 때 피아노를 칠 때도 나는 '바하 인벤션'을 아주 좋아했다. 바이엘도 감정 넣어 친다고 웃음거리가 되었던 내가 절제의 미학을 가진 바흐는 왜 그리 좋아했을까.

그런데 기실 내가 가장 쾌감을 느끼는 것은 오랫동안 절제와 금욕의 세계였다. 갖고 있는 열정은 엄청난데 그것을 절제와 금욕으로 억누르며 표현하는 것, 그것에서 나는 큰 매력과 쾌감을 느꼈다. 30, 40대 때는 그런 나 자신을 경멸하고, 비판하며 그것을 극복하려고 몸부림쳤다. 그래서 나는 많이 변했다. 그럼에도 아직도 나는 절제와 금욕, 그러나 그렇게 생겨 먹은 게 아니라 그 억눌림 속에 어쩔 수 없이 배어 나오는 열정을 가장 좋아하는 것이다. 그간의 노력으로 나를 풀어놓은 것들에 가끔씩 반감을 느끼는 건 그게 자꾸만 '작위'로 느껴지기 때문이다. 나답지 않다는 느낌, 내 색깔이 아닌, 남의 흉내 같은 느낌. 이 영화를 보면서 그런 나의 본향을 생각하게 된 게 좋았다. (줄임) 나는 무언가 아무런 제약 없이 모든 것을 풀어놓는 것에는 큰 흥분을 못 느끼는 것 같다. 그것이 무엇이든, 그것에는 압력이 있어야 한다. 그 압력에 의해 엑기스처럼 스며 나오는 것. 이 영화에서도 화물 트럭 기사가 자신의 삶이 폭발하는 것에 김을 빼기 위해 음악을 연주한다는 얘기가 인상 깊었다.

2011. 1. 17. 월

무엇보다도 써내는 해이기를. 그간 담아 놓기만 한 내 혼의 그릇이 이제 물꼬를 트고 쏟아 낼 수 있기를, 나를 통해 숱한 아름다운 넋과 인간과 짐승, 심지어는 사물들까지 그들의 쏟고 싶은 이야기들을 쏟아 낼 수 있기를, 내가 그럴 수 있는 훌륭한 통로가 되기를. 실제로도 넓은 세상을 돌고, 세상의 다른 곳에서 글을 쓸 수 있기를.

2011. 2. 4. 금

가슴이 아프다. 아이들을 사랑하고 위한다고 생각하면서 얼마나 그 애들에게 상처를 주고, 결국은 악영향을 미친 일이 많았을까. 이제는 거리를 두는 게 좋다. 나는 의견을 내고, 내 말을 하는 것을 신경 써서 줄여 나가야 한다.

2011. 2. 7. 월

《그 녀석 덕분에》를 완성했다. 마침내! (줄임) 갑자기 걷잡을 수 없이 눈물이 쏟아졌다. 도무지 이유를 알 수 없어 생각해 보니 나는 이 소설의 무책임함에 미안함을 느꼈던 것 같았다. 양호와 희진이가 택한 삶, 이제 그 애들이 걸어갈 삶을 생각하니 그렇게 아팠던 것이다. 글은 경쾌하게 끝났는데, 소설이 담지 않는 그다음 이야기에 나는 울었다. 그 애들이 내 속에 들어온 것이다! (줄임)

그런데 '작가의 말'이 너무 안 써져서 끙끙거리다 포기하고 자리에 누웠는데 갑자기 우울해지는 것이었다. 이 글이 형편없는 것 같고, 책을 내지 말아야 하는 게 아닌가 하는 생각까지 들었다. (줄임)

도무지 견딜 수가 없고, 잠도 안 와서 일어나 108배를 하고, 샤워를 했다. 그러고 나니 조금 살 것 같아 원고를 대강 훑어보았다. 그런데 대충 그렇게 보니 또 괜찮아 보였다. 그래서 지금은 좀 나아졌다.

2011. 2. 11. 금

창 너머 호수는 하얗게 눈이 쌓여 가 보지도 않은 바이칼 호수 같다. 호수 앞에 줄지어 서 있는 메타세쿼이아도 잎이 떨어져 잎맥만 남은 커다란 나뭇잎들 같다. 내려다보이는 다른 기숙사 벽돌 건물 지붕 위로 눈이 쌓여 하얗고, 언젠가 가 본 호수 저쪽 기슭의 파란 지붕 매운탕 집도 눈이 덮여 '세한도' 속 오두막 같다. 저 집에 매운탕 먹으러 갔던 때……. 우리는 아직 젊었다.

2012. 1. 13. 금

음악을 좋아하는 공룡, 커다란 해식동굴 입구에 앉아 바람 소리와 파도 소리를 하염없이 듣는 공룡, 알에서 깨어날 때 마침 파도가 수와, 수와 하고 노래를 불러서 이름이 '수와'가 된 공룡, 사도라는 아름다운 섬에서, 달이 뜨면 바다가 갈라지는 이 아름다운 섬에서.

내가 가지고 있는 생각은 이게 다이다. 그러나 이것조차도 수정해야겠다. 그때 사도는 섬이 아니었고, 바다는 호수였다. 양치류 식물이 무성한 쥐라기의 그곳은 어떤 곳이었을까. 이제 그 세계로 오늘부터 들어가는 거다.

2012. 7. 1. 일

삶이란 깊은 호수의 바닥같이 끝없고, 거대한 비애이다. 그 누구도 그 비애에서 도망칠 수 없다. 유한한 삶, 고통에 가득 찬 삶이 삶의 본질이기에. 그러기에 행복은 그 비애의 호수에 떠다니는, 햇살에 반짝이는 기포 같은 것이다. 그 비애의 깊이를 알기에 그 행복의 물방울들에 감동하는 것이다. 그것이 곧 터져 사라질 물방울에 지나지 않는 걸 알기 때문에.

아무리 행복을 잘 느끼는 사람도, 그 바닥의 비애에서 벗어날 수는 없다. 오히려 그것을 잘 느끼는 사람이, 뚜렷이 보는 사람이, 물거품 같은 행복에 더욱, 기꺼이 경탄하는 게 아닐까.

2012. 8. 7. 화

저녁 무렵, 문득 조용하고 적막한 집에서 밤톨이를 데리고 노는데 애들 어릴 때 생각이 났다. 이렇게 적막하던 순간, 홀로 아이를 키우던 젊은 나. 잘 지나갔다. 그 세월, 죽지도, 사라지지도 않고…….

2012. 9. 8. 토

내가 이런 체질인 게, 행복을 잘 느끼는 체질인 게 참으로 고맙다. 나의 이런 체질은 기실 허무감과 기억력에서 오는 건지도 모르지만. 나는 끔찍하게 힘들었던 순간을 잊지 않기 때문에 모든 게 몇 배로 행복한 것을.

이 삶의 허방을 늘 보고 살기에 이 생명의 존재에 기꺼워하거늘. (줄임) 정말로 허균 남매가 나를 이리 불러 준 것 같다. 어쩌면 딱 초당동에, 이렇게 신기할 수가 있을까. (줄임) 사람들은 어째서 이런 우연에 놀라지 않는 걸까. 그러니 다른 차원의 존재가 아무리 말을 걸려 해도 알아들을 수가 없는 것이다.

2012. 11. 7. 수

책상의 방향을 튼 것만으로도 이렇게 기분이 좋다니! 오랜만에 책상에 아침부터 앉아 일기를 쓴다, 덕택에. (줄임) 책상의 방향을 바꾸며 작가들의 사진 액자도 옮겨 달았다, 책상 옆으로. 카프카, 버지니아 울프, 마르케스, 쿤데라, 오에 겐자부로, 체호프, 박경리, 오정희, 최정희, 요사, 로맹 롤랑, 뒤라스……. 일단 내가 좋아하는 작가들 중에서 사진이 있는 작가들만 모아 놓은 것이라 도스토옙스키, 아옌데, 톨스토이, 그외 수많은 작가들이 빠져 있지만 그래도 그들의 모습이 바로 옆에 있는 것만으로도 벅차다. 아옌데 사진도 지금 찾아 붙였다.

2012. 11. 25. 일

아까 그 방에 짐을 나르며 그런 생각이 들었다. 결국 나는 또 이렇게 사는구나. 이렇게 살아야만 하는구나, 하는 생각. 와야 할 곳으로 왔다는.

2012. 12. 6. 목

엄마가 수첩에 적어 놓은 짧은 메모들도 뭉클했다. 주로 나와 영화 보고 술 마신 일, 너무 좋아하며 써 놓았다. 거기다 본 영화에 대해서도 제법 자세히 리뷰를 해 놓았다. 그중에서도 가장 재미있었던 글은 〈어떤 멋진 날〉이었다. 그 영화에 대해 '유부남과 유부녀가 멋진 연애를 한다'고 딱 적어 놓았다. 이런 엄마가 내가 아는 엄마 속에 들어 있었구나 싶어 짠했다.

2012. 12. 18. 화

일어나 창을 열면 늘 멀리 대관령부터 본다. 대관령을 보면서 모든 날씨를 안다. 대관령의 능골이 하얗게 드러나면 눈이 온 거고, 대관령이 부리부리하게 검게 서 있으면 따뜻한 거고, 오늘처럼 대관령이 시야에서 사라져 버리면 흐린 날씨인 것이다. 바다를 찾아 달려온 내가 산을 보고 산다.
2014. 2. 1. 토

일기장에 끝없이 되풀이되는, 글을 쓰고 싶다, 글을 쓰고 싶다, 혼자이고 싶다, 혼자이고 싶다……. 결국 지금까지도 되풀이되는. 이렇게 많이 끊어 가며 달려왔건만 다시 내 앞을 가로막는 가시덤불.
2014. 2. 4. 화

비 옆에 앉아 있다. 태풍 오는 바다를 보러 나왔는데, 비바람이 하도 거세서 그냥 입구의 카페에 들어왔는데, 2층의 이곳은 난간에 가려 바다를 보기는 아쉬웠지만(그래도 잘 보인다) 바로 옆의 유리문을 온통 비가 씻어 내리고 있다. (줄임)
이렇게 희게 뒤집어지는 바다는 처음 보았다. 길고 흰 수십만 개의 손가락들이 해안으로 기어오르려는 것만 같다. 바다가 온통 하얗다.
2015. 8. 25. 화

그러고는 '안데르센의 집'을 찾아갔는데, 그곳이 박물관이었다. (줄임) 끝날 시간이 다 되어 들어가지는 않고 주변 골목들을 걸어 다녔는데, 집들이 어쩌나 작고 앙증맞은지 꼭 동화 속의 나라 같았다. 안데르센은 이런 곳에서 자랐던 것이다. 내게 동화는 오히려 슬픈 것이라는 걸 알려 주었던 그, 그의 동화들은 하나같이 슬펐다. 아니, 명랑한 것도 많았지만 슬픈 동화들이 훨씬 내 마음에 남아 있다. 그가 아니었다면 내가 동화를 쓰는 작가가 될 수 있었을까. (줄임)
안데르센의 책을 읽으며 자라고, 그의 전기도 그림책으로 쓴 적이 있는 나, 내게 이 도시의 모든 풍경은 그대로 걸러지지 않은 채 스며든다.

2015. 12. 19. 토

만추를 누리고, 11월을 누리고, 빛의 시간인 12월을 누리고, 겨울비와 크리스마스와 눈까지 보고 간다. (줄임) 배도 수없이 탔다. 페리, 수상 버스, 유람선, 도시마다 가서 배를 탔다. 도서관도 수없이 갔다. 스웨덴의 가는 곳마다, 그리고 다른 나라들의 도서관도. 도서관에선 주로 일기를 썼구나. 잠시 앉아 있었지만 가장 행복했던 코펜하겐 왕립 도서관이 떠오른다. 안데르센과 안네를 만난 일도 잊을 수 없고, 수많은 미술관을 다니면서 핸드폰에 담아 와 행복하게 들여다보는 매력적인 그림들, 그 화가들도 잊을 수 없다. 그리고 무엇보다 바사 뮤지엄의 압도감, 탈린에서 뜻하지 않게 만났던 스코트, 아문센의 남극 탐험 전시. 내내 쫓아다녔던 성당들과 그곳에서 맛본 천상의 음악들, 영화제의 영화, 영화 하우스에 가서 본 영화, 수많은 해양 박물관과 다른 박물관들. 그리고 내가 잠시썩 머물렀던 집들, 호텔들. 그리고 정말로 많이 만난 고맙고 좋은 사람들, 56세의 마지막 석 달을 나는 무슨 꿈처럼 보낸 것이다! 여행 속의 여행도 많이 하고, 생애 처음으로 느긋하게, 거의 놀며 지냈던 석 달, 눈뜨고 싶지 않은 꿈처럼.

무언가 설명할 수는 없어도 내 속의 어떤, 깊은 것이, 뿌리에 가까운 그 무엇이 변한 느낌이 든다. 그리고 정말로 목까지 무엇인가 가득 찬 느낌도 든다. 이런 것들이 내 속에서 무르익어 다 나올 수 있겠지. 그리고 나 자신에 대한 커다란 긍정! 내가 작가라는 것이, 그리고 동화도 쓰는 작가라는 것이 그렇게도 다행스럽고 기뻤다. (줄임)

근사한 작가들, 노벨상, 벼룩시장, 도서관, 촛불, 촛대, 바다, 배, 책, 영화, 와인, 미술관, 박물관, 음악, 성당, 파이프오르간, 스탠드 조명, 호텔, 숙소, 기차, 작가나 화가가 살던 공간, 그런 것들을 나는 정말 좋아하더라. 그런 것들이 넘치도록 있었던 3개월이었다. (줄임)

이제 내가 굳이 쓰려고 애쓰지 않아도 물이 넘쳐흐르듯 작품이 흘러나올 것만 같다. 그래도 그 흘러나오는 물을 담으려면 그릇이라도 갖다 놓아야지. (줄임) 한국으로 가는 게 기대되는 이유 중의 하나는 무언가 이제 그동안 담기만 한 것을 쏟아 놓으러 가는 기분이 든다는 것이다. 쏟아 놓고 싶다. 기실 이번 3개월이 아니더라도 나는 그동안 너무 담아만 오지 않았나.

2015. 12. 29. 화

그런데 기분이 참 이상했다. 조금도 오랜만이라는 생각이 들지 않았다. 거리도, 사람도, 모든 것이 그냥 어제도 본 것 같을 뿐, 아무렇지도 않아 신기했다. 며칠만 여행하고 와도 다른데, 석 달이나 떠났다 왔는데 왜 그럴까. 그냥 접힌 공간 사이로 살짝 빠져 나갔다 그대로 돌아온 것만 같다. 이런 기분은 처음이다.

2015. 12. 31. 목

바람 소리가 살아 있는 생명체의 울부짖음 같다. 문이 덜컹거린다. 대관령부터 불어오는 바람, 자다가 깨 보면 닫아 놓은 창문 위에 걸린 풍경이 울기도 하는. 이 집만의 캐릭터, 꼭 이 집에서 저 바람 소리에 걸맞는 소설을 써내고 싶다. (줄임)
마침내 집에 왔다. 정말 좋다. 이 바람 소리조차. 가끔씩 휘파람 소리처럼 섞이는 높은 바람 소리와 우우횡 횡 후우우 하는 것 같은 바람 소리. 그러다 성내듯 높아졌다 파도가 잦아지듯 잦아지는. (줄임) 우선은 자야지. 저 바람 소리의 기억이라도 남기고 싶어 적는다.

2017. 2. 2. 목

어제 개운하게 《저녁의 편도나무》 '작가의 말'까지 써서 보낸 기분이 참 좋다. (줄임) 아무도 안 읽어 줘도 내가 이걸 써서 이들을 남겨 놓았다는 느낌이 좋다. 기껍고 고맙다. 내 삶마저 보상받는 느낌이 든다. 저걸 썼으니, 내 청춘은 되었다.

2017. 5. 29. 월

새벽까지 자다 깨다 해 가면서 소설을 완성해 보냈다. 도대체 어떤 글인지 나로서는 알 수 없었지만 그래도 풀려난 기쁨이 컸다. (줄임) 나는 그런 일상을 그리고 싶었다. 아무것도 아닌 일상, 무어랄까, 이 소설에는 '지금'이 담겼다는 느낌은 있다. 어떤 '극적인 것'에서 도망친 기쁨도 있다. 그건 나의 고질병이었는데.

2018. 8. 13. 월

최선을 다하자. 너무 무리는 말고. 무리는 원망을 낳으니까. 안 그래도 엄마한테는 애정 못지않게 원망도 있으니. 내가 잘 조절해서 해 나가자. 밤톨이의 성장의 시간도 소중하고, 엄마의 소멸의 시간도 소중하다. 그리고 그 중간의 내 시간도. 사람으로서도, 여자로서도, 작가로서도, 생활인으로서도.

2019. 1. 25. 금

나는 작가가 되었다. 내 가장 큰 꿈을 이룬 것이다. 동화와 청소년소설은 내 맘에 드는 작품들을 써냈고, 분에 넘치는 사랑과 인정도 받았다. 쓰고 싶은 소설이 너무 많아 마음 한구석이 늘 허전하고, 현실에 한탄이 일었지만 그것은 과욕이었다. 내가 이 순간을 넘어 살 수 있다면 그것은 늘 추구해 가야 할 남은 생의 목표가 되겠지만 '한'으로 품어서는 안 된다는. 그것은 그냥 남은 내 삶의 기쁜 선물이다. 추구할 것이 아직 남아 기쁘고, 그래서 결실을 보게 되면 그것은 분에 넘치는 기쁨이 될 것이다. 그것이다. 그것이 깨달음처럼 오니 마음이 너무 좋았다.

2020. 6. 7. 일

경자년도 이제 일주일이 채 안 남았구나. 그러나 무언가 나는 이즈음 이상하다. 모든 것이 모래처럼 빠져나가는 기분이다. 팔도 양쪽 다 아프고, 온몸이 힘들고, 머릿속은 자욱하고, 자꾸 허무하고 슬프다. (줄임) 정말 내가 원하는 건 무얼까? 소설에 전념해서, 소설만 생각하며 빠져들어 쓰는 게 아닐까? 그런데 지금 늪처럼 잠긴 채 죽어 가는 자신을 보는 게 고통스러운 것은 아닐까? 그렇게 생각하지 말아야 한다고 여기면서도 자꾸 그렇게 생각이 든다. 힘들고 서글프고 쓸쓸하고 허무하다. 나는 너무 행복했는데, 나는 늘 행복을 잘 느끼는 사람인데, 지금은 그렇지 않다. 나를 더 이상 기만하기가 힘이 든다. 그렇게 생각 말자. 이어진 긴 시간이 안 나는 것도 자꾸 나를 미치게 만든다. (줄임)

무엇이든 내가 다하려고 하지 말자. 그게 모두를 힘들게 한다. 당장 나부터. 자꾸 허무하고, 도망가고 싶은 생각이 드는 이 끈을 끊어야 한다. 마감의 압박감도 나를 조이고. 머리가 무겁다. (줄임) 이렇게 살 수는 없다. 이렇게는 살 수 없다. 나는 힘들었던 것이다. 어쩌면 내내 나를 기만하며 버텨 왔는데, (줄임) 이렇게 남은 인생을 허무하게, 끌려다니며 살아야 하나, 하는 생각도 들고. 내 주변조차 정리 못 하고, 어느 날, 불쑥 떠나게 될까 봐 두렵기도 하고. (줄임) 모르겠다. 마음이 무겁다.

2021. 2. 5 금

〈미스터 션샤인〉, 이날 다 본 듯. 개화기 시대에 푹 빠져 있었다. 하나같이 다들 폼을 엄청 잡는데, 그 폼들이 하나같이 어찌나 멋지던지! (줄임) 일상이 비루하달까, 사소하달까, 그것의 소중함도 알지만 약간 그것에 질려 있었던 모양이다. 극적이고, 낭만이 넘치는 커다란 세계에 흠뻑 빠져들었던 것은.

2021. 9. 10 금

그러나 나는 이 소설을 쓰고 좋았다. 내가 쓰는 소설 방식의 즐거움은 인물이 살아나는 것이다. 살아난 그들이 해 주는 이야기를 받아 적는 방식의 내 글쓰기는 남들과는 좀 다르니. 나는 K라는 이미지 하나를 붙들고 이 글을 시작했고, 적어도 K는 살려 내서 그 과정이 즐거웠다. 소설이 과연되어 줄까, 내내 불안했는데 되어 주었다. 그걸로 족해서, 나는 그렇게 뿌듯하고 기분이 좋았던 것이다. 그거면 됐으니까. 다른 건 덤일 뿐이니까.

2022. 1. 3. 월

행복은 파이처럼, 크래커처럼 잘도 부서진다. 그렇지만 부서질 때 부서지더라도 그 순간 그게 존재했던 것만으로도 어딘가.

2022. 2. 9. 수

짐을 줄이느라 가벼운 책으로 골라 온 조너선 비스라는 피아니스트가 쓴 《하얗고 검은 어둠 속에서》라는 책 속에 나오는 베토벤 피아노 소나타 30을 듣고 있다. 그가 워낙 아름답게 써 놓은 글들이 비로소 매치된다. 그는 베토벤에 대한 흠모와 경탄을 내내 드러내고 있는데 베토벤은 그럴 만한 음악가다. 나는 바흐를 가장 좋아하지만 베토벤도 참 좋아하니까. 그림책만도 우연히 베토벤을 두 번이나 썼다. 바흐는 조화와 격조 속에 아름다운 열정이 스며 있고, 모차르트는 조화와 우아함 속에 위트와 가벼운 열정이 어른댄다면 베토벤은 그야말로 격정의 음악가로 여겨진다, 내게는.

2022. 6. 9. 목

오늘도 모닝 페이지 썼다. 개운하다. 그런 다음 일찍 일어나려다가 어제까지 까페에서 우연히 조금 읽은 《마지막 강의》의 작가 랜디 포시의 동영상이 보고 싶어 열었다가 결국 강의를 다 듣고 말았다. (줄임) 그는 아주 환하고 에너지가 넘치는 멋진 사람이었다. 자기는 즐겁게 사는 이외의 방법을 모른다고 말하는 사람, 사는 날이 몇 달밖에 안 남았다고 선고받은 사람으론 어떻게도 안 보이는 그의 강의를 내가 듣는 게 기적 같았다. 그는 9개월 뒤에 세상을 떠났는데 놀랍게도 나와 동갑이었다. 1960년생인 그가 47세에 췌장암으로 세상을 떠났는데 나는 이렇게 뒤늦게 15년 뒤에야 그를 알게 되었다. (줄임) 그는 정말 놀라운 사람이었다. 어떻게 그럴 수 있는지가 신기할 만큼. 시종일관 유머가 넘치는 그 강연에 웃음이 그치지 않았다. (줄임) 어쩌면 그 강연은 그에게 생전 장례식 같은 것이었다. (줄임)

자, 이제 일을 하자. 오늘 일기 에세이 수정을 마쳐야 한다. 몸통 수정이다. (줄임) 시작해 보자.

2022. 11. 6. 일

아침부터 내내 일기 에세이 본문 수정을 어제에 이어서 했고, 일단 한번은 봤다. (줄임) 오늘까지만 달라고 하니 이제 한 번만 싹 읽고 보내려고 한다. 벌써 일을 다 끝낸 것처럼 기분이 좋고, 의욕도 생긴다. 아직 일기 인용에, 날짜 찾기 등이 남았고, 내 일정은 계속 바쁜데도 그렇다. 그런데 너무 딴짓을 오래 했다.

벌써 7시 반이다. 이제부터 딱 집중해서 한 번만 읽고 보내자. 그런 다음에 책상 정리와 방 정리를 시작하고, 할 일들 일정도 짜 보자. 그래도 모닝 페이지를 써서인지 머리가 시원하다. (줄임) 이제 저 글을 읽어 보자!

2022. 11. 7. 월

어느 날 일기를 쓰기 시작했다
나와 오롯이 만나는 시간

2023년 1월 30일 1판 1쇄 펴냄
글 이경혜

편집 김로미, 박은아, 이경희, 임헌 | **교정** 김성재
디자인 오혜진 | **제작** 심준엽
영업 나길훈, 안명선, 양병희, 조현정 | **독자 사업(잡지)** 김빛나래, 정영지
새사업팀 조서연 | **경영 지원** 신종호, 임혜정, 한선희
인쇄와 제본 (주)상지사 P&B

펴낸이 유문숙 | **펴낸 곳** (주)도서출판 보리 | **출판등록** 1991년 8월 6일 제9-279호
주소 (10881) 경기도 파주시 직지길 492
전화 031-955-3535 | **전송** 031-950-9501
누리집 www.boribook.com | **전자우편** bori@boribook.com

ⓒ 이경혜, 2023

보리는 나무 한 그루를 베어 낼 가치가 있는지 생각하며 책을 만듭니다.

ISBN 979-11-6314-278-2 03810